寝室には立ち入り禁止!

「真守先生の声、想像以上に腰にきますね」

卑猥に濡れた唇が、情欲にまみれた声で低く紡ぐ。

「もっともっと、聞きたい。……あなたを気持ちよくさせたい」

「…あ」

寝室には立ち入り禁止！

榛名 悠

15820

角川ルビー文庫

CONTENTS

口絵・本文イラスト／みなみ　遥

ちるちるさくら。

誰《だれ》もいなくなった正門の両脇《りょうわき》で、ふんわりと咲《さ》き誇《ほこ》る桜が水色の空に映《は》えて綺麗《きれい》だった。

『卒園式』と書かれた華《はな》やかな看板の周りを、くるり、ひらりと、薄紅《うすべに》の花びらが舞《ま》い落ちていく。ちらちらと揺《ゆ》れる様は、まるで『さようなら』と手を振《ふ》られているようだ。

「……っ」

桜吹雪《さくらふぶき》を睨《にら》みつけて、また込み上げてきた涙《なみだ》をぐっと堪《こら》えた時だった。

すっ、と目の前にハンカチが差し出される。

「真守《まもる》先生も泣くことがあるんですね」

一緒《いっしょ》に聞こえてきた声に、はっと振り返った。胸が、高鳴る。

「……日高《ひだか》さん」

いつからそこにいたのだろうか、すぐ傍《そば》に立っていた長身の男の姿を認めて目を瞠《みは》る。

今日もその長軀《ちょうく》に一分の隙《すき》もなくスーツを着こなしている彼は、目を真っ赤に腫《は》らした真守の涙顔を見て少し困ったように微笑《ほほえ》んだ。どうぞ、とハンカチを手渡《てわた》される。

「いつも元気に笑っている顔しか見たことがなかったですから」

「……今日は特別です。おめでたい日ですから」

「めでたいのに涙ですか？」

「もう明日からあの子たちに会えなくなるんだと思うと、やっぱりさみしいじゃないですか」

春風に煽《あお》られて、はらはらと舞い散る桜の雨が、また涙を誘《さそ》う。

三月は、旅立ちとともに——別れの季節。

「さみしい、ですか」

間近で深みのある低音が呟《つぶや》いた。意識しないようにしていたのに、胸が条件反射のように切なく震《ふる》える。耳に心地《ここち》好く触《ふ》れてくるこの声も、今日で聞き納めだ。

「そうですね……さみしいですね。息子《むすこ》の送り迎《むか》えがなくなれば、真守先生に『おはようございます』と『また明日』が、言えなくなる」

子どもの話をしていたのに、いつの間にか自分のことに置き換《か》えて彼が言うのでびっくりする。

独り言のようにもう一度繰《く》り返される、「さみしいです」。

本当に少しさみしげに微笑んでそんなことを言われると、勘違《かんちが》いしてしまいそうになるからやめてほしかった。優《やさ》しく眇《すが》められる切れ長の目元から、僅《わず》かに目線を外す。

「毎日朝晩、一言だけど密《ひそ》かに楽しみだったんですけどね。……でも、それももう終わりか」

溜《た》め息のような言葉に、どきりと心臓が跳《は》ねた。その先は——せめて自分で言わなければ。

「——お、お別れですね」

ざっ、と風が鳴って、涙で濡《ぬ》れた頬《ほお》に桜の花びらがひとひら張り付く。

水膜《すいまく》でぼやけた目に映る彼はやはり困ったような顔をしていて、だけどもう笑ってはいなかった。どこか苦しげに男らしい眉《まゆ》を寄せて、伸《の》ばされた指先がそっと頬の花びらを摘《つ》み取る。

「あ、ごめんなさい、すみませ……っ」

不意に頭上に影《かげ》が差した。刹那《せつな》ふわりと身体《からだ》が何かに包まれる。

――気づけば、真守は日高の腕《うで》の中にいた。

どうしてか男の肩口《かたぐち》にやわらかく額を押し付けられていて烈《はげ》しく混乱する。そろりと頭を優しく撫《な》でられ、子どもにそうするように強張《こわば》った背中を叩《たた》かれた。

「案外と泣き虫だったんですね。最後に泣き顔を見せられるとは思わなかったな。笑顔《えがお》でさようなら、って言われるのかと思っていたのに」

「……す、すみません」

「いいえ。先生にこんなふうに泣いてもらえて、あの子たちは幸せ者だ」

「――……」

違《ちが》う。この涙はそうじゃない。

これは――。

思った瞬間《しゅんかん》、頭の奥で微《かす》かな警鐘《けいしよう》音が鳴り響《ひび》き――…切なく膨《ふく》らんだ胸の中身は、肩越《かたご》しに流れてゆく淡《あわ》い花びらにひっそりと混ぜて、散らすしかなかった。

ちるちるさくら――さくら、ちる。

1

「もう、すっかり秋だなあ」

　空が高い。

　女心と秋の空と言うけれど、ここ数日は安定した気持ちのいい快晴が続いている。

　夏の濃《こ》い青から、いつの間にか移り変わっていた淡い秋晴れの空を見上げて、香坂《こうさか》真守は大きく伸び上がった。鼻先をふわりと掠《かす》める甘い香《かお》り。金木犀《きんもくせい》だ。空気を吸い込めば、あちこちで秋の匂《にお》いがする。

　くん、と小ぶりの鼻をひくつかせて真っ先に思い出すのは、保育士の真守が働く『さくらおか保育園』のことである。

　今年は九月に入ると途端に気温が下がり、園では白い銀木犀《ぎんもくせい》と合わせて、オレンジ色のいい香りがする花が例年よりも随分と早めにちらほら咲き始めていた。今年で勤続六年目になる真守が今年度担当している四歳児クラスの女の子たちは、最近この花がとてもお気に入りだ。『キンモクセイ』という音の響きも気に入っているらしい。

　よく傍に行くからか、小さな彼女たちからはふうわりと甘い香りがして、それが自分たちも嬉《うれ》しいようだった。おませな子ならオシャレに興味を持ち出すお年頃《としごろ》なのかもしれない。

尤《もっと》も同じ歳でも男の子だと、トイレの匂いがすると、別の意味で興味があるようだけれど。

金木犀の匂い一つで言い合いになってしまう子どもたちのことを思い出して、真守は仕方ないなあと頬を弛《ゆる》ませる。とにかく子どもが好きでこの職業に決めたようなものだったから、彼らがかわいくて仕方ない。休日にまで思い出してはにやけるほどだ。

自覚していたけれど、通りすがりにふと路駐《ろちゅう》してある車の窓に映して、自分の顔ながら思わず小さく呻《うめ》いた。

もともときゅっと口角の上がった口元はにやにやと弛んでいるし、いつもは眦《まなじり》がつり上がり気味の猫目《ねこ》もみっともないほど脂下《やにさ》がっている。

――真守くんって、子どもの話ばっかり。嬉しそうにしちゃってさ。見た目カッコイイし、性格もちょっとクールっぽそうだと思ったのに、なーんかがっかり。おまけに趣味《しゅみ》が料理だし

嫌《いや》な過去を思い出した。女の子とちょっと仲が好《よ》くなったかと思った頃《ころ》に、必ずといっていいほど言われる言葉だ。彼女たちが真守に何を期待していたのか知らないけれど、一方的に勝手なことを言われればこっちだってうんざりもする。

「……見た目と違《ちが》って何が悪い」

頬にかかる明るい色の猫っ毛《け》を耳にかけて、キャスケットの鍔《つば》を軽く引く。

二十七の男がせっかくの休日に食材で膨らんだスーパーのレジ袋《ぶくろ》を持って一人で歩いているのは、そんなにおかしなことか。子どもたちのかわいい姿を思い出してついつい路上でにやけてしまうのだって、そんなにおかしいことでは――……あるかもしれない。

「ま、仕方ないか」

自覚している上に、そんな毎日に特に不満があるわけでもなし。

開き直って、真守は景気付けにショルダーバッグをぽんぽんと叩いた。

住宅地の中にある、児童公園に差しかかった時だった。

気紛《きまぐ》れに公園を通り抜けてみようと敷地《しきち》内に足を踏《ふ》み入れて、ふと立ち止まる。

ペンキを塗《ぬ》り替《か》えたばかりなのか、つやつやと空色のブランコの傍、子どもが二人何やら言い合いをしているのが目に留まった。小学校に上がったかその前かくらいの男の子たちだ。

「ケンカか？……あっ」

片方が興奮した声で何かを叫《さけ》んだかと思うと、いきなり相手を突《つ》き飛ばした。小さな身体は不意打ちもあってか、簡単によろめいて尻餅《しりもち》をつく。だけどすぐに立ち上がって、今度は反撃《はんげき》に出た。それほど体格も変わらない二人はすぐにもみ合いになる。

「あーあー…」

子どもの喧嘩《けんか》に大人の自分が割り込むのもどうかと一瞬《いっしゅん》迷ったけれど、その間に一度尻餅をついた方が再び力任せに引き倒《たお》されて、べしゃっと砂地にうつ伏《ぶ》せに倒れ込んだ。どうやら向こうの彼の方が手前の子よりも力があるらしい。

ここまでだな――。

頭に血が上ってしまっているのだろう。小さな肩《かた》を忙《せわ》しく上下させて倒れたままの彼をじっと見下ろしていた少年が、小さな拳《こぶし》をぎゅっと固めるのが見て取れた。振《ふ》り上げる。

「こらっ、それ以上はもうダメだ」

突然《とつぜん》割って入った真守の声に、拳を振り上げた少年がびくっと動きを止めた。倒れていた方もぱっと頭を持ち上げる。足早に歩み寄り、膝《ひざ》を折って子どもの髪《かみ》に付着した砂を払《はら》ってやりながら真守は立ち尽《つ》くす彼を見据《みす》えて——驚《おどろ》いた。

我の強そうな眦を切れ上げて、物凄《ものすご》い目つきで睨《にら》まれている。

「あ、おいっ」

ぎりっと唇《くちびる》を嚙《か》み締《し》めた少年は、けれど無言でくるりと踵《きびす》を返すと一気に駆《か》け出し、あっという間に公園を出て行ってしまった。

取り残されたのは真守と、もう一人の少年。

勝ち気な幼い背中が消えて行った方向を呆気《あっけ》にとられて見つめながら、真守はやれやれと一つ息をつく。

「大丈夫《だいじょうぶ》だった？　立てる？」

「……はい」

僅《わず》かにくぐもったか細い声は、必死に涙《なみだ》を堪《こら》えているようだった。背後で目元を拭《ぬぐ》っている気配がする。

「怪我《けが》はない？」

「ありがとうございました」

ゆっくり真守が振り返るのと、少年が礼儀《れいぎ》正《ただ》しくぺこりと頭を下げるタイミングが重なった。指通りのよさそうな頭髪《とうはつ》がさらりと揺《ゆ》れて、元の位置に戻《もど》り——真守はその顔を初めてまともに見て、目を丸くする。

「智樹《ともき》くん⁉」

突然名を呼ばれて、少年がびくっと顔を跳ね上げた。低い位置から見上げてくるのは覚えのあるくるりと丸い瞳《ひとみ》だ。視線が交差し、智樹が驚いたように大きく目を瞠《みは》った。

「真守先生！」

彼はこの春小学校に上がった『さくらおか』の卒園生だ。目の前にいるのが当時の担当保育士だと知ると、ぱっと破顔してみせた。

半年振《ぶ》りの思いがけない再会である。

「そうだよ。うわあ、偶然《ぐうぜん》。ちょっと見ない間にお兄さんになったなあ。背が伸《の》びた？」

「うん。すぐに真守先生に追いつくよ」

「あ、生意気。まだまだ追いつかれません」

軽く小突《こづ》いてやると、智樹はくすぐったそうに首を竦《すく》めてみせた。睫毛《まつげ》の先が微かに光っていたが、そんなことはもう忘れたかのように無邪気《むじゃき》に笑っている。

自分の膝の辺りを指してみせると、智樹が「そんなに小さくないよ」と唇を尖《とが》らせた。

「本当に、大きくなったなあ。保育園にいたときはこのくらいだったのに」

笑って頭を撫《な》でてやりながら、ふと思い出す。

そういえば、彼の父親は背も高く立派な体格をしていた。どちらかといえばまろやかな雰囲《ふんい》気《き》にかわいらしい顔立ちの智樹は、怜悧《れいり》で凛然《りんぜん》とした父親とはあまり似てないけれど、遺伝子を受け継《つ》いでいるのだから十年後はどう成長するのか予想がつかない。

百七十三センチの細身の真守も、いつかは智樹に見下ろされる日が来るのだろうか。

今は愛らしい顔が、だんだんと、あの精悍《せいかん》な父親のものに似てくるのだろうか。

彼は——今、どうしているのだろう。

「もお先生、頭、なですぎだよ」

下方から聞こえてきた声に、はっと我に返る。

「ああ、ごめんごめん」

どうやら執拗《しつよう》にぐりぐりと撫で回していたらしい。すぐに手のひらを小さな頭から離《はな》した。

かわいいからつい、と笑いながらふと視線を何気に落として、そこで一瞬目元を眇《すが》める。

「智樹くん、それ。膝、血が出てる」

「え？……あ、ホントだ」

先程《さきほど》の喧嘩の名残《なごり》だろう。半ズボンから覗《のぞ》く健康的な膝小僧《ひざこぞう》の片方が、砂粒《すなつぶ》で擦《す》れたのか皮膚《ひふ》が裂《さ》けて血が滲《にじ》んでいた。

真守はきょろきょろと周囲を見渡《みわた》し、敷地の隅《すみ》を指差す。

「向こうの水呑《みずの》み場に行こう。とりあえず砂を流さないと。バイ菌《きん》が入ったら困るし」

たいした怪我ではなかったが、傷口を水で流すと沁《し》みたのか智樹の顔が僅かに歪《ゆが》んだ。コンクリート造りの水呑み場の縁《ふち》に腰掛《こしか》けさせて、濡《ぬ》れた足をハンカチで拭《ふ》いてやる。ついでに涙の乾《かわ》いた目元も拭いてやった。

「さっきのは友達？」

「……うん。小学校で、一緒《いっしょ》のクラス」

智樹がぽつりと教えてくれる。見たことのない顔だったので、小学校で新たにできた友人だろう。薄《うす》い眉《まゆ》をきゅっと寄せて、彼はぶすっと続けた。

「あいつ……ユータっていうんだけど、急に怒《おこ》って、わけわかんない」

「ふーん。ケンカしたってわけじゃないのか」

違《ちが》う、とふるりと首を振る。

「学校で一緒に遊んでたら、やっちゃんが来たんだ」

また懐《なつ》かしい名前が出てきて、真守は思わず目元を和《なご》ませる。彼もさくらおかの卒園生だ。

「やっちゃんも一緒に遊ぼうって言ったら、――ユータが急にダメだって、怒り出したんだよ」

「……あー……なるほど」

聞いてしまえばなんともわかりやすい、そして微笑《ほほえ》ましい理由だった。ユータの真守を睨みつける顔を思い出す。つまりは独占欲《どくせんよく》だ。一番の親友を、他《ほか》の誰《だれ》かに取られたくないという――子どもの独占欲。園児の中にも、本能で同じような行動を取る子はいるので、ユータの気持ちは手に取るようにわかってしまった。

けれど誰とでも仲良くなれる智樹からしてみれば、彼のそんな言動は理解不能なのだろう。

自分は悪くないと言いながらも、やはりしゅんと落ち込んでいる小さな頭を、苦笑《くしょう》しながらそっと撫でてやる。

「ユータくんもさ、いまごろ落ち込んでると思うよ。智樹くん以上に」

「え？」と智樹が頭を跳《は》ね上げた。真守はにっと唇を引き上げる。

「智樹くんを突き飛ばしてしまった。智樹くんを転ばせてしまった。智樹くんを知らない男がいる公園に一人置いてきてしまった。心配で……今夜、寝《ね》られないかもな」

「真守先生は知らない人じゃないでしょ」

「ユータくんからしたら、充分《じゆうぶん》知らない怪《あや》しいヒトだよ。俺は智樹くんの先生だったけど、ユータくんの先生じゃないだろ？　ユータくんは俺が保育園の先生だって知らないんだぞ」

大きな瞳がぱちぱちと瞬《また》いた。

「ちょっと表現方法が間違《まち》っちゃったけど、ユータくんは本当に智樹くんが大好きなんだよ」

黙《だま》ってしまった智樹に優《やさ》しく訊《たず》ねる。「智樹くんは？」

「……………僕だって」

たっぷり躊躇《ためら》った後の唇を尖らせた返答に、我知らず目尻《めじり》が下がった。照れ隠《かく》しのようにぷらぷらと振れる足を取って、絞《しぼ》ったハンカチでもう一度拭いてやる。

「よし」

「うわっ、真守先生、何するのっ」

真守は驚く智樹の両脇《りようわき》に手を差し込むとよいしょと抱《だ》き上げて、そのままぐんと高く掲《かか》げた。保育園の頃《ころ》よりは随分《ずいぶん》と大きくなったけれど、それでもまだまだ軽い。真守に押し上げられた頭上から、夕空を背負って智樹が戸惑《とまど》ったようにきょときょとしながら見下ろしてくる。

「それじゃあ、智樹くん。ユータくんに……」

「何をやってるんだ！」

突然怒鳴《とつぜんどな》り声が投げかけられたのは、その時だった。

二人して反射的にびくっと身震《みぶる》いする。驚《おどろ》きのあまり僅かにぐらりと傾《かたむ》いた腕《うで》を真守は慌《あわ》てて引き寄せて、智樹を抱きかかえた。と次の瞬間《しゅんかん》、視界の端《はし》を影《かげ》が過《よ》ぎったかと思うと、ひったくるようにして腕の中の智樹が強引《ごういん》に攫《さら》われる。

「なっ」

ぎょっとした。いつの間に現れたのか、真守の前に立ちはだかっていたのは大柄《おおがら》の男だ。眼前に薄着《うすぎ》の広い胸板《むないた》、その下に長いジーンズの脚《あし》、履《は》き古した大きなスニーカー。至近距離《きょり》なのとキャスケットの鍔《つば》が邪魔《じゃま》してはっきりとは測れないが、おそらく真守よりも頭半分ほどは確実に背が高い。唖然《あぜん》と見開いた目に男の厚みのある肩《かた》に担《かつ》ぎ上げられた智樹の足が映り込み、そこで真守は瞬時《しゅんじ》に自分を取り戻した。

「ちょ…っ、あんた、何すんだっ」

「それはこっちのセリフだ、この変態が！」

けれどもすぐさま怒鳴《どな》り返されて、その凄《すさ》まじい迫力《はくりょく》に真守は一瞬声を失う。

ヘンタイ――？

それがまさか自分に向けられた言葉なのだとはすぐに理解できなかった。真守がぽかんとしている間に、男は智樹を一旦《いったん》下ろして遠ざける。焦《あせ》ったように何やら喚《わめ》く智樹を無視して再び向き直ると、身長差を嘲笑《あざわら》うかのように真守の頭頂目掛《めが》けて更《さら》なる侮辱《ぶじょく》を叩《たた》きつけてきた。

「こんな人目のつかないところに子どもを連れ込んで、何をするつもりだったんだ」

「…………え、」

唐突《とうとつ》にぐっと胸倉《むなぐら》を摑《つか》まれる。

「これで何件目だ。警察に通報するぞ」

「ちょ、ちょっと待…わっ」

ぐいっと一気に強い力で引き上げられた。大きく仰《の》け反った拍子《ひょうし》に被《かぶ》っていたキャスケットが脱《ぬ》げ落ちる。周囲の木々の隙間《すきま》から垣間《かいま》見《み》える、空に広がる橙《だいだい》と茜《あかね》のグラデーション。

急いで目線だけ戻《もど》すと、眇めた眼差《まなざ》しの先、こちらを睨《にら》みつけている男の険しい顔がある。まだ若く、真守とそう変わらないのではないだろうか。そんな表情をしているといやに迫力のある強面《こわもて》だが、この微妙《びみょう》な角度からでも案外整っている顔つきなのだと知れる。

「…っ」

ぐんっと摑まれた胸倉が力任せに引き寄せられた。

がくんと首が振《ふ》れて、次に視点が定まった時には、男の顔が眼前にあった。黒々とした少し長めの髪《かみ》の奥の同じ色をした双眸《そうぼう》とまともに目が合う。

その刹那《せつな》だった。がんと睨み据《す》えていたはずの切れ長の目元が、はっとまるで信じられないものを見たかのように大きく見開かれる。

「……先生」

「っ、——……？」

殴《なぐ》られるのかと咄嗟《とっさ》に目を瞑《つぶ》ってしまった真守は、その思わずといったふうに零《こぼ》れ落ちた一言に一瞬耳を疑った。呼吸一つ分の間をおいて、そろりと瞼《まぶた》を持ち上げる。

少し長めの張りのある前髪《まえがみ》。それらの隙間から覗く漆黒《しっこく》の瞳《ひとみ》が、自分を見つめてはっきりと息を呑《の》む。

険のとれた眼差しと視線が交錯《こうさく》し、その瞬間、真守の脳裏《のうり》でも何かが閃《ひらめ》いた。

まさか、そんなはずは——。

茫然《ぼうぜん》と見つめ合うそこへ、子どもの甲高《かんだか》い声が割って入ってくる。

「お父さん！　そうだよ！　この人、真守先生だよ！」

だから、手を放して！

配慮《はいりょ》して遠ざけられたはずの智樹が間に入って、必死に二人を引き離そうと、男の太い手首を引っ張り始めた。

だけど男の手は石化してしまったかのように真守の胸倉をしっかり摑んだままだ。智樹がそれを無理やり引っ張るから、真守はがくがくと揺《ゆ》さぶられる羽目になる。揺さぶられながら真守の頭の中では、ぐるぐると一つの単語が廻《めぐ》っていた。

オトーサン、オトウサン、おとうさん——。

混乱状態の真守の胸倉から、ようやく男の手が離れた。

「真守先生、大丈夫《だいじょうぶ》？」

軽く咳《せ》き込んだ真守の顔を、智樹が背伸《せの》びをして心配そうに覗《のぞ》き込んでくる。

「お父さん、真守先生に謝ってよ！」

そして、茫然と立ち尽《つ》くす男を振り返って甲高い声できつく言い放つのだ。

真守は弾《はじ》かれたように長身の男を見やる。

男も瞬《まばた》きを忘れたかのように、真守をじっと見つめていた。

お父さん――。

どくん、と心臓が思い出したように急激に跳ね上がる。

「――…日高、さん？」


「本当に、申し訳ありませんでした」

「ああ、そんな。もういいですから」

長身を折り曲げて深々と頭を下げてくる日高柊一《しゅういち》に、焦った真守は慌てて頭を上げてくれるよう隆々《りゅうりゅう》とした肩に手をかけた。

――さっきから、もう幾度《いくど》となくこんなやり取りを繰《く》り返している。

確かにこの公園の水呑《みずの》み場は隅《すみ》にあり、方角によっては木々に囲まれていて人目の届かない死角のようにも思える。だけど実際は滑《すべ》り台やブランコのある広場や通りからは丸見えだ。日

高は裏側の方から来て、樹木の隙間から二人の姿を発見したのだろう。しかも時間帯は夕方、木陰《こかげ》に入るこの辺りはほんのりと薄暗《うすぐら》い。

物騒《ぶっそう》な疑いを持たれても仕方のない話かもしれなかった。

「もお、本当にお父さんは。ヘンタイだなんて、真守先生に失礼だよ」

「…………」

怒《おこ》ったような息子《むすこ》の言葉に、日高はまたずしんと項垂《うなだ》れてしまった。真守は狼狽《うろた》える。

「と、智樹くん。もういいって。ほら、誤解されても仕方ない状況《じょうきょう》でもあったんだし」

ひとけのない場所に子どもを連れ込み、座らせて剥《む》き出しの足を触《さわ》った上、抱き上げて嬉《うれ》しそうに笑っていたのだから。

……確かにヘンタイだな――。

自分の取った一連の行動を改めて文字にして並べると、かえってそう疑われない方が不思議だとも思えてくる。

もちろん、それは怪我《けが》の手当てというきちんとした理由があってのことだ。けれどそんなことは、いちいち看板を立てているわけでもないので、見かけただけの第三者にはまったく伝わらない。それどころか、今回のように別の意味に取られることの方が、このご時世では当たり前なのかもしれなかった。現に数日前、智樹が小学校から不審《ふしん》者出没《しゅつぼつ》のおたよりをもらって帰ってきたらしい。それもあいまって、日高の脳内は真守を見かけた瞬間、疑いもなく真っ先に変質者に結び付けてしまったのだろう。その結果が、先程《さきほど》の騒動《そうどう》だ。

日高がしつこく頭を下げて寄越《よこ》す。

「本当に、すみませんでした」

「いいえっ、お子さんの心配をされてのことですし、そんなに謝らないで下さい」

真守も保育士という職についているのだ。親のそんな気持ちがわからないわけじゃない。むしろ日高の態度には好感が持てた。子のために親が我を忘れて飛び出してくるのはよく見かける光景。けれど誤解だとわかった後、こうして己《おのれ》の非をきちんと認めて真摯《しんし》に謝ることは、当たり前のようでいてできない人間もいるのだ。自分の早とちりだと気づいても、そう思わせた方が悪いと、相手に責任転嫁《てんか》する大人も少なくない。日高はそういう大人ではなかった。知っていたつもりだったけれど、改めて確認《かくにん》できて嬉しく思う。

それにしても――。

狭《せま》い地域だといっても、各々《おのおの》の生活範囲《はんい》は決まっている。卒園生の智樹にはひょっとしたら今後どこかで出会うことはあっても、まさかその父親と再会するとは夢にも思わなかった。思わなかったのではなく、たぶん無意識下で意図的に思わないようにしていたのだろう。

――不意に脳裏にいつかの桜吹雪《さくらふぶき》が蘇《よみがえ》る。

一度散って忘れたつもりでいたはずの感情の破片《はへん》が、胸の奥底にひらひらと舞《ま》い戻ってくるのを、真守ははっきりと感じていた。

会えばこうなるだろうことをどこかで予感していたから、あえて再会の可能性は考えないようにしていたのだろうと、今になって気づく。気づいたところで、もう会ってしまったのだから、今更手遅《いまさらておく》れのような気もするけれど。

動揺《どうよう》する内心を隠《かく》して、真守はまだ気まずそうにしている日高を見た。

落ち着かない様子で張りのある頭髪《とうはつ》を掻《か》き上げると、秀《ひい》でた額が現れる。凛々《りり》しい眉《まゆ》。高すぎず低すぎず筋の通った鼻梁《びりょう》。鋭《するど》さと甘さを兼《か》ね備えた切れ長の目元。弾力《だんりょく》のありそうな肉厚の唇《くちびる》。順に視線でなぞっていると、この精悍《せいかん》な顔立ちを毎日見ていた当時の自分が徐々《じょじょ》に蘇ってきた。

彼と会うのは智樹の卒園式以来だ。智樹同様半年振《ぶ》りになる。

たった半年で顔が思い出せなくなるほど記憶《きおく》が薄《うす》まったわけではもちろんなく、一目見てぴんとこなかったのは、おそらく今の彼の恰好《かっこう》が原因だろう。

今日が休日だからか、日高はいつも整髪《せいはつ》料できっちり整えていた髪を無造作に下ろしていた。以前よりも少し長めで切り揃《そろ》えているのか、鋏《はさみ》を定期的に入れている気配はあるけれど、襟足《えりあし》やサイドの長さが見慣れない。

服装も見覚えのあるスーツ姿ではなくロングTシャツにジーンズと若々しい。といってもまだ三十代前半の働き盛りのはずだが、こういう恰好をしていると二十代でも充分《じゅうぶん》通用する。真守と一緒《いっしょ》に並んで歩いていても、まったく違和《いわ》感なさそうだ。

記憶の中の日高は、いつもぱりっとしたスーツ姿で颯爽《さっそう》としていた。まさに仕事のできる男という風情《ふぜい》だったが、愛息子《まなむすこ》の送迎《そうげい》で園に顔を出す時は優《やさ》しい父親の顔だ。忙《いそが》しい合間にもきちんと行事には参加して、ちょうど今のようにしっかり者の智樹と微笑《ほほえ》ましいかけ合いをしていたのが懐《なつ》かしい。

「お父さん、あんまり謝りすぎるのもダメだよ。真守先生が困ってるよ」

「え？……そうか。いや、でもな、悪いのはお父さんだから……」

「だからってホドホドにしなきゃ。ねえ、真守先生」

智樹が突然《とつぜん》こちらに水を向けてきた。半テンポ遅《おく》れて日高もこちらを向く。二人に見つめられて、真守は苦笑《くしょう》するしかない。

——真守が日高親子と直接関《かか》わったのは、智樹が年長クラスの『くまぐみ』に上がった保育園最後の一年間だった。

父子家庭は特別珍《めずら》しいわけでもなかったが、当時のそのクラスでは日高父子だけだったこともあって、最初から気になっていた部分もあったと思う。特に翌年から智樹が小学校に上がるということで、いろいろとわからないこともあるだろうと真守から声をかけることも多かったのだ。

そのうち日高の方からも相談があれば持ちかけてくるようになった。保育士が同性というのは、彼にとっては思った以上にやりやすかったようだ。

そんなふうに頼《たよ》ってくれる日高に対して、真守は嬉しさの一方で、だんだんとどこか理由のわからない後ろめたさが生まれていることにも気づいていた。

同性の彼に抱《いだ》くその正体が何なのか、一年かけてようやく認めたのが半年前——皮肉にも智樹が卒園し、日高とも今日でお別れという日だったというのも、なんとも間抜《まぬ》けな話だ。

あの時は、もう会えないのだからと言い聞かせて、なんとか諦《あきら》めがついたのだけれど。

こんなところで再び会ってしまったら、あの決意は一体何だったのかと考えて、少しむなしくなる。思い出したくもないが、あの日子どもたちを送り出した後、真守は同僚《どうりょう》の前で卒園式を大義名分にみっともないほど号泣《ごうきゅう》したのだ。今思い返してもじたばたするほど恥《は》ずかしい。

だけどやっぱり、複雑な感情の中でも、また会えて嬉しいと思う気持ちがどれよりも勝つ。

ヘンタイ呼ばわりされたけど——。

それも愛息子を思うがゆえの事だと考えれば、腹が立つどころか好ましいとしか映らない。

もともと男だとわかっていながらそれでも真守が惹《ひ》かれたのは、智樹を何より大切にし、できる限りのことをしてやりたいと一生懸命《いっしょうけんめい》だった日高だからだ。

「そういえばお父さん、ご飯できたの？」

むかえにきてくれたんだ、と智樹が思い出したように言って父親を見上げた。

「あ、いや、それが……」

途端《とたん》、日高が決まり悪げに髪《かみ》を掻き上げて目を泳がせる。

「失敗しちゃったんだね」

「………すまん」

仕方ないよ。こうなることがわかっていたのか、慰《なぐさ》める智樹の口調は明るい。

「これからもう一度買い物に行くところだったんだ」

「今からまた料理するの？　もう今日は諦めようよ。向こうのスーパーで安売りしてるよ、レトルトのカレー」

「何で、そんなことを知ってるんだ」

「朝、広告を見たんだ」

智樹がにっこりと笑う。日高が自分の不甲斐《ふがい》なさを嘆《なげ》くように重い溜《た》め息を爪先《つまさき》に零《こぼ》した。

「売り切れたら困るから、早くスーパーに行こうよ」

「あ、ああ……」

どこか煮《に》え切らない父親の手を取って、智樹が真守を見る。

「真守先生、いろいろごめんなさい。怪我の手当て、ありがとうございました」

ぺこりと丁寧《ていねい》に小さな頭を下げられた。

おもむろにこの場を締《し》めにかかる智樹の態度に、真守は一瞬《いっしゅん》きょとんとなる。そうして焦《あせ》った。もう行ってしまうのか？

「あ、ううん。大したことはしてないから、おうちに帰ったらちゃんと消毒しないと……」

だけど、どう引き留めていいのかわからない。偶然《ぐうぜん》会っただけだから、引き留めるだけの理由を探すのにも手間取る。

そうこうしているうちに、「うん」と笑って頷《うなず》いた智樹が最後の言葉を告げてきた。

「それじゃあね、先生。行こう、お父さん」

「わ、待って！」

「ちょっと待て、智樹！」

いきなり二人に引き留められて、踵《きびす》を返しかけていた智樹が不思議そうに振《ふ》り返った。

同時に「え?」と、真守と日高は顔を見合わせる。

「もお、どうしたの? 二人とも」

智樹が小首を傾《かし》げてみせた。はっとしたように日高が口を開く。

「あ…ほら、真守先生には迷惑《めいわく》をかけたんだから、うちに寄って行ってもらおうかと思ったんだが。そこのケーキ屋でケーキでも買って。智樹も好きだろう」

「ケーキって『セラン』の?」

智樹の目がきらりと輝《かがや》いた。苦笑して頷いた日高はそこで真守に向き直り、切れ長の目元を優しげに眇《すが》めてどきりとするような微笑みを浮《う》かべて寄越す。

「真守先生、もしよろしかったらここから近いので、うちに寄って行きませんか? もうこんな時間ですし、何か出前を取りますので、できれば夕飯も一緒に」

「えっ」

なんという予想外のお誘《さそ》い。

早くも舞《ま》い上がる心を必死に抑《おさ》えながら真守は返事を躊躇《ためら》うが、本心は二つ返事でOKだ。

「あ、でも……」

だけどここで嬉々《きき》として即答《そくとう》すれば、図々《ずうずう》しい奴《やつ》だと思われないだろうか。戸惑《とまど》う一方で、そんな面倒《めんどう》くさい勘繰《かんぐ》りをしなくても素直《すなお》に受ければいいじゃないかと、浮き立つもう一人の自分がいる。

日高が少し困ったように眉を寄せた。

「お忙しいですか。すみません。今日はお仕事もお休みのようですし、突然では、かえってご迷惑になりますね。ああ、もしかしてこの後どなたかと先約が？　だったら引き留めてしまって……」

「い、いえっ、そんなことは全然っ、他と調整してたまたま今日休みを取っただけで、家に帰ってもどうせ一人ですしっ」

慌《あわ》てて首を横に振る。

迷惑なわけがない。真守こそ、反射的に智樹を呼び止めてしまうくらい、日高と少しでも長く一緒にいたくて引き留める理由をいろいろ考えていたのだ。

せっかく会えたのに、またすぐに終わりにしてもいいのか——？

自問したところで、くいくいっと下から袖口《そでぐち》を引かれた。

「真守先生、『セラン』のケーキおいしいんだよ。ケーキ買って一緒《いっしょ》にうちにかえろ」智樹がウキウキしながら言う。「僕、出前はオムライスがいいな」

そういえば、と智樹の言葉で唐突《とうとつ》に思い出した。急いで水呑《みずの》み場の脇《わき》を見やる。

おあつらえむきに置いてあるのは、今まですっかりその存在を忘れていたレジ袋《ぶくろ》だ。

「ねえ、智樹くん」

どうやら偶然というものは度重《たびかさ》なるらしい。

くるんと大きな瞳《ひとみ》を向けてきた智樹に、真守は奇妙《きみょう》などきどきとわくわくが入り混じる胸の内を隠《かく》してレジ袋を指し示す。

「オムライスだったら、実は俺、これから家に帰って作るつもりだったんだ。だからちょうど材料がほら、あそこに――……」

オレンジのケチャップライスの上で、とろとろの半熟オムレツが切れ目に沿ってゆっくりと花開く。

「――よっ、と。はい。タンポポオムライスの出来上がり」

「わあっ」

艶《つや》やかな黄色を見つめて智樹が思わずといったふうに拍手《はくしゅ》した。邪魔《じゃま》になるからと食器の準備や後片付けに徹《てっ》していた日高もやって来て、つられたように手を叩《たた》く。

「真守先生、スゴイ！」

「見直した？」

「うん！　ね、お父さん」

いきなり話を日高に振られて、真守の方が一瞬どきりとした。智樹の頭上から覗《のぞ》き込むようにして皿を見下ろしていた日高が至極真面目《しごくまじめ》に言う。

「見直したというか。お父さんはもともと尊敬していたから、改めて凄《すご》いって思ったよ」

「……お父さん、ズルイ。真守先生、僕も最初から先生はすごいって思ってたからね」

「あはは、ありがとう」

笑って真守は、フライパンを置くフリをして身体《からだ》ごと顔を壁際《かべぎわ》に向けた。

顔が熱い。

日高にそんなふうに言ってもらえるとは思わなかったから、予想外の嬉《うれ》しさに心臓がついていかない。

「これもう出来上がりですか？　運びましょうか」

不意に間近から声が聞こえてきて、驚《おどろ》きにびくっとした。

すぐ横に日高が立っていて調理台に並べてあったサラダの器《うつわ》を指差している。大きな図体《ずうたい》をしているくせに音も立てずに突然《とつぜん》現れるから、心臓に悪い。

真守は慌てて笑顔《えがお》を装って頷いた。

「は、はい。お願いします……え、っと…？」

けれど日高はなぜかサラダではなく真守の顔をじっと見つめてくる。痛いくらいに胸が鳴って烈《はげ》しく狼狽《うろた》えた。いよいよどうしていいのかわからなくなって、真守は思わず日高に呼びかける。はっとした日高が、我に返ったように目をしばたたかせた。

「ああ、すみません。エプロン姿が懐《なつ》かしいと思って、つい」

「エプロン、ですか？」

「三月までは毎日保育士姿の先生に会っていたでしょう。でも俺のエプロンだと色が暗すぎますね。真守先生はいつも明るい色を身に着けていたから。それがとてもよく似合っていたな、と今ふと思い出しました」

嬉しそうに言われて微笑《ほほえ》まれて、だけど真守は咄嗟《とっさ》に言葉が出てこない。

「——…あ。そ、そうですか？　あんまり意識して選んでたわけじゃないんですけど」

笑顔がひきつる。まともに顔が見られなくて急いで手元のフライパンに視線を落とす。

「それじゃあ、これ先に運びますね」と、日高が立ち去る気配を背中で感じ取ってから、忘れていた呼吸を再開させた。動いてないのに息が上がる。かあっと顔が火照《ほて》って、眩暈《めまい》がした。

そんなことをフツーに言うなよ——。

じゅっ、とフライパンで溶《と》けるバターと一緒に真守の心臓も焦《こ》がされている気分になる。

思いがけず日高父子の住むマンションにお邪魔することになっただけで、今までにないようなおかしなテンションの自分を持て余していたくらいだ。結局出前を取りやめて、真守が作ることに許可をもらえたのは助かった。他《ほか》に集中するものがあれば、その間に昂《たか》ぶった気持ちも鎮《しず》まる。ところが料理に取り掛《か》かり、ようやく落ち着いてきたと思ったところで、不意打ちのように先ほどの日高の言葉だ。智樹相手に真面目《まじめ》に答えたかと思えば、近くに寄って来ていきなり思い出話をしてみせたりと、日高の言葉一つに振り回される心臓がひどくうるさい。

そこへ智樹の高音が割り込んできて、助かったことに茹《ゆだ》った思考が少し冷める。

「真守先生、これテーブルに運んでもいい？」

「あ、うん。おねがい」

言いながら振り返ると、智樹と日高が出来上がった皿を運んでいくところだった。

相変わらず親子仲は良好のようだ。

小学生になって智樹もますますしっかりしてきたような気がする。日高もそんな息子《むすこ》を頼《たよ》りにしながら、仕事と家庭を上手《うま》く両立させているようだ。以前と変わらず二人が支え合って暮らしているのが真守にもよく伝わってきた。二人の住む明るく清潔な空間に入れてもらった瞬《しゅん》間《かん》、ここで暮らす彼らの穏《おだ》やかな雰囲気《ふんいき》が容易に想像できて、それだけでひどく幸せな気持ちになった。

「真守先生、おいしい！」

三人揃《そろ》って席について、さっそくオムライスを頬張《ほおば》った智樹がふくふくとしたほっぺたが落ちるような満面の笑みではしゃいだ。

「そ？　よかった」

真守もつられて笑う。そうしてちらとその隣《となり》に目を向けた。ちょうど日高も豪快《ごうかい》な一匙《さじ》を口に運んだところだ。

咀嚼《そしゃく》する口元を見つめて、思わず息を詰《つ》める。

「本当だ。うまい」

ほっと息をつく。気に入ってもらえたようで、よかった。

「前にお父さんが作ったオムライスは、結局チキンライスになっちゃったもんね」

「卵料理は鬼門《きもん》なんだ」

「でも、レンジの中でバクハツさせなくなっただけ、シンポしてるよ」

「そんなこと、あったんですか」

自分のオムライスを掬《すく》う手を止めて、真守はぎょっと顔を上げる。目の合った日高はバツが悪そうに「以前、目玉焼きを…」と言葉を濁《にご》らせた。

「スパゲティも茹《ゆ》でずにそのままフライパンで炒《いた》めるんだよ、お父さん。炒めたらやわらかくなると思ったんだって」

「智樹、もういい。もういいから、それ以上言わないでくれ」

日高が慌てて智樹を遮《さえぎ》った。思わずぽかんとしてしまった真守と再び目が合う。その瞬間、日高はさっと目を逸《そ》らしてしまった。代わりにこちらを向いた耳がほんのり赤い。

意外だ――。

過去にいろいろ相談を持ちかけられたのに、考えてみれば食事に関しての相談は一度も受けたことがなかった。日高は仕事に関してはおそらく『出来る男』だと思う。プライベートも完《かん》璧《ぺき》とまではいかなくとも、それなりに何でもこなしてしまいそうな『器用な男』のイメージがあったのだ。だから実は今日の失敗も偶々《たまたま》だと思っていたし、まさかこれほどまでに料理オンチだったとは。

知ってしまった途《と》端《たん》、わっと心が湧《わ》く。むずむずと、胸の奥が甘痒《あまがゆ》い。

耐《た》え切れなくて思わず吹《ふ》き出してしまうと、日高が決まり悪げに頭を掻《か》いた。

去年、そうだと言ってくれればいくらでも協力したのに――。

それこそさくらおか保育園には高級レストランから引き抜《ぬ》きがかかるような専属調理師もい

るのだし、栄養バランスに関しては毎日の給食の献立《こんだて》を考えている栄養士に訊《き》けばいい。

だけど相談されればきっと、真守は保育士として以上の世話を焼いてしまっていたような気もする。当時の二人の立場では特定の保護者を対象に個人的な接触《せっしょく》はちょっとまずい。

「お恥《は》ずかしい話を聞かせてしまって、すみません」

「いいえ。俺だって料理をやり始めた頃《ころ》はびっくりするような失敗ばっかりしてましたから」

真守の言葉に興味を持ったのか、正面から智樹が身を乗り出して来る。

「真守先生は何歳の時から料理してたの？」

「うーん……小学校三年生ぐらいからかな」

日高が僅《わず》かに目を瞠《みは》るのがわかった。

真守も日高親子同様、父子家庭で育った。不慮《ふりょ》の事故に遭《あ》った母とは死別で、男ばかりの三人兄弟だったけれど、炊事《すいじ》は次男の真守担当だった。適材適所、他の二人よりも合っていたのだろう。父親は自分たちのために一生懸命《いっしょうけんめい》働いているので、せめて家の中のことは兄弟で分担すべきだと話し合った結果だ。真守自身苦ではなかったし、それがきっかけで料理に目覚めたといってもいい。もともと職にまでするつもりはなく、でも大人になった今は無趣味《むしゅみ》よりは趣味の一つくらいあった方が楽しいし、こうやって自分の手料理を喜んでくれる人もいる。そして、今日ほど料理が出来てよかったと思ったことはない。

「だから、智樹くんは偉《えら》いよ。まだ一年生なのに、あんなに上手に包丁を使えるんだから」

僕も手伝うと、いきなり智樹が包丁を持ち出した時にはぎょっとしたが、その腕《うで》はたいしたものだった。いつも手伝っているからと控《ひか》えめな言い方をしていたものの、おそらく実際は智樹が仕切っているのだろう。日高の失敗談を聞いてしまった今では、そちらの方が自然だ。

何気なく訊《たず》ねてみると、案の定、予想通りの答えが返ってきた。今日のような休日になると、日高が思い出したように料理に励《はげ》もうとするのだという。そして失敗を繰《く》り返す。

「でもね、真守先生。この前のシチューはおいしかったんだよ」

「そっか」

「スーパーに行けばルーを売っているんだから、便利な世の中だな」

「もお、お父さん。そこは言わなくてもいいんだよ」

久しぶりに会った親子の懐かしいやり取りを見聞きするのはとても楽しくて、真守は賑《にぎ》やかな食事を堪能《たんのう》した。

「——ねえ、先生。お願いがあるんだけど」

夕食を終え、公園帰りに買って来たケーキもご馳走《ちそう》になり、後片付けをしている時だった。テーブルを拭《ふ》いていた真守に、椅子《いす》に乗った智樹がこっそり耳打ちしてくる。日高はシンクで一人、黙々《もくもく》と食器を洗っていた。

「うん？　何、どした？」

つられて小声で訊ねると、智樹が意を決したように言う。

「お料理を教えてもらえませんか」

「え？」

思わず訊き返した。じっと真守を見上げて、智樹がもう一度同じ言葉を繰り返す。

「どうしたんだよ、いきなり」

「もっとたくさんお料理を覚えたいんだ。だって、僕が作れるのはまだちょっとだけで、毎週月曜日はカレーだったり、火曜日はハンバーグとかになっちゃって」

「……充分《じゅうぶん》だと思うけど」

むしろ、その歳でそれだけ出来たらたいしたもんだ。食事の準備といっても、出来合いの惣《そう》菜《ざい》を並べるか、よくて手軽に切って炒める程度のものだと思っていた。

だけど智樹は、それでは不充分なのだと言う。

「お父さんに、もっと別のものを食べさせてあげたいんです。お父さん、本当は和食が好きだから」

無意識なのだろう、時々改まる言葉《ことば》遣《づか》いが彼の本気を伝えてくる。

「智樹くん……」

健気《けなげ》だ——そう思って見つめる彼の姿と、その時ふと、重なるものがあった。幼少時代の自分だ。かつて真守も同じ事を思って、近所のおばさんの家を出入りしていたのを思い出す。

「そっか。うん、そうだよな」

智樹が表情をぱっと明るくする。——その時、視界の端《はし》にすっと影《かげ》が映り込んだ。

「お父さんにおいしいもの食べてほしいもんなあ」

「うん！　あのね、キンピラゴボウとか、そういうの作りたい」

「うんうん。でもさ、教えてあげたいのは山々なんだけど。俺が勝手にこの家に上がるのは、やっぱりダメだと思うんだよ。お父さんの許可をもらわないと」

「ナイショにしとけば大丈夫《だいじょうぶ》だよ。だから……」

「こら」

背後から忍《しの》び寄った低い声に、智樹がびくっと大仰《おおぎょう》なほど身を竦《すく》めた。弾《はじ》かれたように振《ふ》り返る。

「お、お父さんっ」

「真守先生もお忙《いそが》しいんだ。迷惑《めいわく》をかけるようなことを言うな」

智樹が気の毒に思うほどしょんぼりと項垂《うなだ》れた。

日高は息子の後頭部を見下ろしながら何か続けようとして、思い直したのか、長い溜《た》め息に変える。

タイミング的にいっても、日高の耳に智樹の気持ちは聞こえていたはずだ。

「日高さん。もし許可して頂けるなら、智樹くんとの料理教室、やらせてもらえませんか？」

真守の言葉に、二人が一斉《いっせい》に視線を向けてきた。

「いや、でもそれは……」

「真守先生、いいの？」

「俺は構わないよ。でも、保育園があるから平日は難しいかな。日曜日か、あとは公休を取った日になるけど」

途端、智樹の顔がぱあっと晴れる。そんな満面の笑《え》みを見せられると、真守としては少し後ろめたい。

好意的な返事の裏にまったく下心がないといったら、それは嘘《うそ》になるからだ。だけどその一方で、智樹の健気な気持ちに共感したのも事実だった。

今日限りではなく、もう少し、この父子とかかわっていたいと思う。

そのきっかけを作ってくれた智樹に内心で感謝した。

園へのお迎《むか》えは大抵《たいてい》六時までに姿を見せていたから、日高は終業時刻が早いはずだと記憶《きおく》を手繰《たぐ》り寄せていると、智樹が教えてくれる。彼が小学校に上がった頃から、日高は退社時間をそれまでよりも遅《おく》らせることにしたそうだ。真守の終業時刻よりも遅《おそ》い。これなら真守が急げば、平日も夕飯の支度《したく》は間に合うかもしれない。

なんだかわくわくしてきた。

「日高さん、いいですか？」

「お父さん、いいよね？」

二対一では、それもかわいい息子《むすこ》に頼《たの》まれたら、さすがの日高も反対はできなかったようだ。

軽く息をついて、申し訳なさそうに真守を見る。

「真守先生さえご迷惑でなければ、うちは構いません。でも、無理はしないで下さい。こいつのワガママに律儀《りちぎ》に付き合うことはないですから。都合の悪い日はハッキリと言ってやって下さい」

「はい、わかりました。ありがとうございます。だってさ、智樹くん」

「やったね、真守先生」

智樹がぴょんぴょん飛び跳《は》ねてみせた。彼の珍《めずら》しく歳相応の仕草が見られて、自然と頰《ほお》が弛《ゆる》む。跳ねていたかと思えば、今度は突然《とつぜん》ぎゅっと腰《こし》に抱《だ》きついてくる。どうしたのだろうか、今日はいつになく甘えん坊《ぼう》だ。だけどこんな彼も新鮮《しんせん》でかわいくて、思わず頭を撫《な》で回す。

「それじゃあ、今日はこれで失礼します。遅くまでお邪魔《じゃま》してすみませんでした」

思い出したように時計を見れば、もう八時に近かった。ここに来たのはたしか五時過ぎだったはずだ。日高もつられるように時計を確認《かくにん》する。

「ああ、もうこんな時間か。こちらこそ、引き留めてしまって……うまかったです、オムライス。ごちそうさまでした」

ふっと優《やさ》しげに目元を細めてそう言われて、途端《とたん》に胸が高鳴った。何でもない御礼《おれい》の言葉なのに、自分の反応の異常さに内心呆《あき》れる。

「い、いいえ。俺の方こそケーキ、ごちそうさまでした。それに、また日高さんや智樹くんに会えて、すごく嬉《うれ》しかったですし」

なんとか表情を取り繕《つくろ》って告げると、日高が僅かに目を瞠った。再びふっ、と何か物言いたげに眇《すが》める。どぎまぎしながら真守が見つめる先で、日高の肉厚の唇《くちびる》がゆっくりと動き、低い耳ざわりの好《よ》い声が聞こえ出す。

「俺も、真守先生にまた会えるとは……」

「あっ、雨だ！」

子ども特有の高音が叫《さけ》ぶのが同時だった。ぱん、と砂糖水で膨《ふく》らませたシャボン玉が唐突《とうとつ》に割れるような感覚に、はっと我に返る。弾かれたように二人して智樹を振り返った。

智樹がカーテンを摑《つか》んで、見てと窓の外を指差している。

「すごい、ドシャブリだよ」

「え、ウソ」

真守は慌《あわ》ててリビングを横切り窓辺に駆《か》け寄った。すっかり暗くなった外は、智樹の言った通りバケツを引っくり返したような土砂《どしゃ》降りだ。夕方まではあれほど晴れていたのに。

「いつ降り出したんだろ。全然気づかなかった……うわ、これはヒドイ」

無意識に溜め息が零《こぼ》れる。

「すみません。傘《かさ》を貸して頂けますか」

「送ります。車を出しますので」

もともとそのつもりでしたから、といつの間にか日高が横に並んで微笑《ほほえ》んできた。

首筋にまたおかしな熱がじわりと上がってくる。半年振《ぶ》りに会った智樹も当時の彼と比べると少し違和感《いわかん》があったけれど、日高もおかしい。以前もよく笑いかけてはくれたが、ここまで赤面するような甘ったるい微笑みじゃなかったはずだ。どちらかと言えば爽《さわ》やかな、優しいパパを前面に押し出すような、そんな雰囲気《ふんいき》だったのに。

だけどまあ、おかしいと言うなら——自分が一番おかしいのだけど。

「すみません。お願いできますか」

「はい。じゃあ、鍵《かぎ》を取ってくるので……」

「どうして？　泊《と》まっていけばいいでしょ」

ところが、不思議そうな智樹の一言で一瞬《いっしゅん》大人たちの動きが止まった。

「え？」

「な…智樹」

「どうして？」と智樹は小首を傾《かし》げると、シャッとカーテンを半分開けてもう一度土砂降りの窓の外を示す。

「明日もお休みだし、保育園もお休みでしょ？　ねえお父さん、そうしてもらおうよ。真守先生、こんな雨の中帰ったら風邪《かぜ》ひくよ」

智樹の顔は真剣《しんけん》だ。

真守は狼狽《うろた》えた。確かに今週は公休を取ったため二連休、明日は日曜でもともと保育園自体が休みなのだけれど、さすがにそこまでは甘えられない。それに車で送ってもらえるのだから、彼が心配してくれるような事態にはならないはずだ。夜気に当たって風邪を引くほど、軟弱《なんじゃく》でもない。

だけど少しだけ、その提案にどきどきしながら密《ひそ》かに乗り気な自分もいて、内心で自身を叱《しっ》咤《た》する。

「あのね、智樹くん。それはいくらなんでも……」

「先生さえよければ、泊まっていきませんか」

遮《さえぎ》るように降って来た日高の言葉に、真守は顔を跳ね上げた。目が合うと、日高は微笑む。また、あの微笑だ。

「え、でも……」

「智樹の言う通り、この雨の中外に出たら風邪ひきますよ。先生が風邪をひいたら大変だ。明後日《あさって》はまたお仕事でしょう？」

「……」

それは、まあ雨に濡《ぬ》れたら、そういうこともあるかもしれないけれど——。

だから濡れないように、車で送ってくれるのではなかったのか。

日高の矛盾《むじゅん》に混乱して、真守はどう返事をしていいのか惑《まど》っていると、智樹がシャツの裾《すそ》を引いてきた。

「一緒《いっしょ》にお風呂《ふろ》入ろうね、先生」

「智樹は本当に真守先生が好きだな。すみません、先生。着替《きが》えは用意しますから、お願いできますか。確か買い置きがあったはず……」

楽しそうに言いながら、日高が別室に消えて行く。

え…、あれ——？

ぼんやり突《つ》っ立っている真守の傍《そば》を離《はな》れて、智樹は子ウサギが跳ねるようにバスルームに走って行った。遅れて日高も続き、まもなくしてバスタブに湯を張る準備をする様子が聞こえてくる。どの入浴剤《にゅうよくざい》にするか争っているようで、親子して楽しそうだ。

取り残された真守はゆっくりと窓の外を見る。

ベランダ越《ご》しの夜景は、大粒《おおつぶ》の雨に叩《たた》かれ、ゆらゆら揺《ゆ》れていた。

「雨よ止《や》め――って、止むわけないな」

呟《つぶや》いた傍から稲妻《いなずま》が走った。決して雷《かみなり》のせいじゃない、奇妙《きみょう》な緊張《きんちょう》に落ち着かなくなる。

確かにもう少しここにいたいとは思ったけれど、実際には帰るはずだったから名残惜《なごりお》しくそう思ってみただけで、まさか本当にお泊《と》まりすることになろうとは。それも智樹の突拍子《とっぴょうし》のない提案を却下《きゃっか》するのならともかく、日高まで一緒になって乗ってくるなんて予想外だった。

案外思いつきで行動する、ちょっと強引《ごういん》な性格の似た者父子らしい。

「智樹くん楽しそうだしなあ……どうしよ」

空の轟《とどろ》く音に混じって、複雑な溜《た》め息が零れる。

ふと、真守はリビングのソファに置かせてもらっていた自分のショルダーバッグに歩み寄った。一目惚《ひとめぼ》れしたお気に入りで、ここしばらくは公私に持ち歩いている物だ。

そのバッグの外ポケットにそっと片手を滑《すべ》り込ませて、中身を引き出す。

「……あんまりにも持ち歩いてたから？　それにしても今日一日でこれはデキスギだろ」

お守り代わりだなんて、馬鹿《ばか》みたいな言い訳して。

ソファのアームに腰《こし》掛けて深々と溜め息をついたところで、智樹が勢いよくリビングに駆け込んで来た。

「真守せんせー、緑とピンクと白、どれがいい？」

引っくり返りそうになりながら、慌ててそれをポケットに押し戻《もど》す。

「おわっ」

「お風呂、お先に頂きました」

リビングのソファに座り、本を読んでいた日高に声をかける。

日高がはっとしたように顔を上げた。振《ふ》り向いて、なぜか一瞬止まる。

「あ、これ…着替え、ありがとうございます」

「……やっぱり、大きかったですね」

「はは……ちょっと」

苦笑いして、真守はだぼっと下がった肩《かた》をさりげなく持ち上げた。と思ったら、すぐにまたすとんと落ちる。一目で体形差がわかってしまうのがなんとも恥《は》ずかしい。

だけど、この体形差に密かに興奮してしまう。日高がいつも使っているものだと知れば、それは更《さら》に倍に増すというものだ。

……なんだか、思考がヘンタイ染《じ》みてきたな——。

新品の下着はフリーサイズだったが、寝巻《ねま》きは長軀《ちょうく》の日高のものだ。真守とはサイズが一回りは違《ちが》う。特にウエストは油断するとずるっと下がって下着がはみ出しそうだった。

「ゆっくりしていて下さい。俺も入ってきます」

智樹と髪《かみ》を乾《かわ》かし合いっこしている真守に断って、交代して日高がバスルームに入って行く。

智樹が慣れた手つきで淹《い》れてくれたホットココアを一緒に飲んで、一息ついたところだった。

「真守先生、こっち」

「うん？　何」

腕《うで》を引かれて入ったそこは寝室《しんしつ》だった。シンプルな内装の部屋にベッドが据《す》えてある。

「ここでお父さんと一緒に寝てるんだ？」

自然と口をついて出た問いかけに、けれど智樹は首を振った。

「ううん。ここはお父さんの部屋。僕の部屋は向こう」

「え？」

間抜《まぬ》けな声が漏《も》れる。不意に心臓が変なふうにざわついた。

きちんと整えられたベッドは、一人用にしては随分《ずいぶん》とサイズが大きくはないか――？

それじゃあ、以前はお母さんもここに――…と、思わず訊《たず》ねてしまいそうになって、寸前で自分自身にぎょっと恐怖《きょうふ》を覚えた。無神経にもほどがある。

自己嫌悪《けんお》に沈《しず》んでいると、そこで手を引かれて現実に引き戻された。

「でもね、今日はここで一緒に寝ようと思って。真守先生と、お父さんと、僕」

「え？　ちょ、ちょっと待って。俺はリビングのソファを借りるつもりだから」

慌《あわ》てて首を横に振る真守を見上げて、智樹が小首を傾げる。

「大丈夫《だいじょうぶ》だよ。このベッド広いから。それに僕は子どもだし」

「いや、そうじゃなくて」

「お父さんも、そうしようって言ってたよ。さっきお父さんともね、真守先生に会えてうれしいねって話してたんだよ。よくお父さんと先生のこと話してたから」

「え…っ」

「昨日もアルバム見ながらまた会いたいねって言ってたら、本当に会えてびっくりした！」

無邪気《むじゃき》な声に、不埒《ふらち》に心臓が跳《は》ねた。

ただの父子の会話だ。深い意味はもちろんないのだとわかっている。

だけどどうしようもなく胸が昂《たか》ぶって挙動不審《ふしん》になり、そちらに気を取られている合間に、気づくと真守は智樹に導かれてベッドの脇《わき》に立っていた。

先にベッドに上がり込んだ智樹が上掛《うわが》けを捲《めく》り、ぽんぽんとシーツを叩く。

「早く、真守先生」

「……だからさ、智樹くん」

「早く、先生」

智樹に手を思いっきり引っ張られて、とうとう膝《ひざ》がベッドに乗り上げた。更に引っ張ってくるので、小さな彼に圧し掛《か》かりそうになって、真守は無理やり身体《からだ》を捻《ひね》る。その途端《とたん》、シーツの上にごろんと転がった。素早《すばや》く上掛けが掛けられる。

「智樹くん……」

「えへへ」

楽しそうに笑う顔を見てしまうと、真守ももう何も言う気が起こらない。

それにしても、と思う。今日の智樹は本当にどうしたのだろう。保育園にいた頃《ころ》は、同い年の周囲から群を抜《ぬ》いて手のかからない子どもだったから、そのギャップに真守は驚《おどろ》かされていた。せっかくなら保育園児だったあの当時に、もう少し甘えてくれたらよかったのに。

「あのね、真守先生」

「うん？」

鼻の下まで被《かぶ》さった上掛けにわけもわからず呼吸を躊躇《ためら》っていると、不意に智樹に呼ばれた。横を向くと、ごく間近に智樹の愛らしい顔。けれど、そのつぶらな瞳《ひとみ》は天井《てんじょう》をじっと睨《にら》みつけている。「あのね」と繰《く》り返す声が思いがけず真剣《しんけん》なもので、真守も浮《うわ》ついた気分を引き締《し》めて上掛けを首まで押し下げた。ほぼ同時に智樹が続ける。

「明日、ユータのところに行ってくる」

「……そっか」

「何で怒《おこ》ったのかちゃんときいてくる。じゃないと、ずっと、なんかこの辺が気持ち悪い」

小さな手が自分の胸元《むなもと》をぎゅっと鷲掴《わしづか》む。

その様子を見て、真守は軽く目を瞠《みは》った。

そうか――。

あんなに珍《めずら》しい智樹を立て続けに見ることができたのは、もしかしたらユータのせいかもしれない。不安の裏返し。お風呂《ふろ》の中ではしゃぐ一方で、膝小僧《ひざこぞう》の絆創膏《ばんそうこう》をしきりに気にしていたのを思い出す。傷が湯に沁《し》みたのもあるだろうけれど、たぶん理由はそれだけじゃなかったのだろう。智樹は新しい環境《かんきょう》で、いい友人を見つけたらしい。

がんばれ――。

手をつないでいいかと、先程《さきほど》とは打って変わって遠慮《えんりょ》がちに訊《き》いてきた智樹と布団《ふとん》の中で手をつなぐ。子ども特有の高い体温が心地《ここち》いい。

「明日、晴れるといいな」

「……うん」

智樹の返事はすでに覚束《おぼつか》ない。

すぐに健《すこ》やかな寝息《ねいき》が聞こえてきて、真守も思わずあくびが漏れた。

ギッ、と遠くで物音がして、その瞬間《しゅんかん》、まどろんでいた意識が一気に覚醒《かくせい》した。

しまった――。

ぱちっと目を開けると、薄闇《うすやみ》に見慣れない天井が浮《う》かび上がってくる。隣《となり》では智樹がぐっすりと気持ちよさそうに眠《ねむ》っていて、はっとサイドテーブルの置時計を見やり――…真守はほっとした。

どうやら意識があやふやになってから、十分も経《た》っていない。

寝室とリビングをつなぐドアは完全に閉まりきってなくて、隙間《すきま》から明かりが差し込んでいた。耳を澄《す》ますと、風呂から上がったのだろう日高が動いている気配がする。

唐突《とうとつ》に、心臓が異常な音を立てて波立ち始めた。

もう一度智樹の方を見て、熟睡《じゅくすい》中のかわいらしい寝顔《ねがお》に、わけもなく焦《あせ》りを覚える。

智樹くん、起きて！――とは、さすがに言えない。

勝手にベッドにもぐり込んでいたのは、これは智樹と一緒《いっしょ》だから大目に見てもらえるとして、問題は起きているのが日高と自分の二人きりになってしまったということだ。

今までは智樹がいてくれたから、なんとか自分を保ってこられたようなものだ。本心は日高に再会できたことで、恐《おそ》ろしいことにずっとテンションは上がりっぱなしである。

智樹の話に癒《いや》されて、昂ぶっていた神経がちょっとだけやわらいだけれど、目が覚めたらまたぶり返してきた。日高と二人きりだと何を話していいのかわからない。

仕方ない、寝たフリを決め込むか――。

「真守先生？」

びくん、と全身が滑稽《こっけい》なほど跳ね上がった。

「起きていらしたんですか。智樹と一緒に寝てしまったのかと思いました」

「――…」

あれだけ大仰《おおぎょう》に驚いておいて、今更寝《いまさらね》たフリもない。真守は諦《あきら》めて、智樹の寝顔から視線を剝《は》がすと寝返りを打った。

その途端、目の前に日高の顔があって、ぎょっとする。

「っっ」

思わずつないでいた智樹の手をぎゅっと握《にぎ》り締めてしまった。途端、横から小さな呻《うめ》き声。

慌てて、起こさないようにそっと小さな手をほどく。

「手をつないでもらってたんですか」

頭上から二人を意外そうに覗《のぞ》き込んでいた日高がひそめた声で言った。

こんな体勢では真守も上半身を起こすことすらできなくて、智樹のやわらかそうな頬《ほお》を見つめながらひたすら動悸《どうき》を鎮《しず》めるように内心で言い聞かせる。

「珍しく智樹くんに甘えられました。保育園にいた頃は、自分からはなかなかつないでくれなかったんですけど」

「へえ。俺にはそんなこと一度も言ったことないんですよ。真守先生のことが本当に大好きなんですね」

大好き、だけがなぜだか一際《ひときわ》大きく聞こえて、勘違《かんちが》いした胸が困ったように揺《ゆ》れる。

「こいつはぐっすり寝《ね》てるみたいですけど、真守先生は眠れませんか？」

「あ、いえ。まだ早いですし。いつもはまだ起きてる時間ですから」

日高がゆっくりと置時計を見やった。

「そういえばそうですね。智樹も珍しい。今日ははしゃぎすぎて疲《つか》れたのかな」

苦笑《くしょう》する。更《さら》に彼は頭上に片手をつき真守越《ご》しに智樹の頭を撫《な》でようとするから、その端整《たんせい》な顔が至近距離《きょり》を通って呼吸もまともにできずに焦った。こちらの気持ちを知っていてわざとしているのかと疑いたくなる。

早く、そこからどいてくれ——。

ようやく日高の長軀《ちょうく》が引いてゆく。ほっとしていると、不意に頭上で動きが止まった。

「真守先生、まだ…眠くありませんか？」

低く囁《ささや》くように、真上から見下ろしながら訊《たず》ねられた瞬間、息が止まりそうになる。

「眠れないのでしたら——むこうに行きませんか？　ホットミルクでも淹《い》れますから」

ところが後に続けられたのはそんな言葉だ。日高がにっこりと微笑《ほほえ》む。あっさりと顔を引いて、行きましょうとリビングの方を指差す。

「——…あ、はい」

数秒遅《おく》れて、真守はのそのそと身体を起こした。

先に日高が寝室《しんしつ》を出て行き、途端にかあっと羞恥《しゅうち》に頭が沸《わ》く。

……俺は一体、何を期待してるんだ——。


「はい、どうぞ」

「ありがとうございます」

日高が淹れてくれたホットミルクを受け取って、ゆっくりと一口啜《すす》る。ほんのりとした甘さは蜂蜜《はちみつ》だろうか。これだけは上手《うま》く淹れられる自信があると言っていただけあって、ミルクパンで温めたそれはおいしかった。ほっとする味だと思うが、だけど今の真守にはあまり効き目はないのかもしれない。

「すみません。俺まで子どもと一緒になって年甲斐《としがい》もなくはしゃいで、つい引き留めてしまいましたが、明日のご予定は大丈夫《だいじょうぶ》ですか？」

「平気です。特に出かける用事もないですし、ごろごろするつもりでしたから」

「インドア派ですか。それとも誰《だれ》かがおうちに訪ねて来られるとか？」

「いいえ。わざわざ休日に訪ねてくるような人、いないですよ。来るとしたら宅配便のお兄さんくらいですかね」

会話の合間にも、窓の外からはまださーさーと雨音が聞こえている。

真守の隣、ソファに腰《こし》掛けた日高はコーヒーを手にしていた。

「ブラックですか？　大丈夫ですか、眠れなくなったりするんじゃ……」

「昔からのクセで。俺の場合、カフェインと睡眠《すいみん》はあまり関係ないみたいです」

苦笑する日高を横目に見やりながら、真守はホットミルクを啜る。

意外な一面、発見——。

料理はまるでダメだけど、ホットミルクは本格的。就寝《しゅうしん》前の一杯《いっぱい》はブラックコーヒー。

「今日は、本当にすみませんでした」

「？　何が……ああ」

また唐突に謝られて、今度は何だと真守は素《す》できょとんとなった。遅れて、公園での一件をくす笑った。

「あれはもういいですよ。あまり謝られると、ほら」

こちらも困るのだと智樹の言葉を借りると、日高は少し困ったような顔をして、そして小さく笑った。

「真守先生の顔はよく覚えていたので、すぐにわからなかったのが歯痒《はがゆ》かったんです」

「……はは。帽子《ぼうし》、被《かぶ》ってましたしね。こっちこそ、日高さんだとすぐにはわからなかったです。俺の中ではスーツ姿の印象が強くて、今日の休日仕様は雰囲気《ふんいき》が全然違《ちが》って見えたから」

「智樹の運動会ではスウェットも穿《は》いてましたよ」

「それでも髪《かみ》はいつもセットしてたじゃないですか。髪を下ろすと、かなりイメージが変わりますよ。びっくりしました」

「先生に会うとわかっていたら、もっときちんとした恰好《かっこう》をしてから出掛《でか》けたんですけどね」

せっかくの再会だったのに、と呟《つぶや》いた声がひどく残念そうに聞こえて、真守は一人動揺《どうよう》してしまう。緊張《きんちょう》して乾《かわ》く口をちびちびホットミルクで潤《うるお》すけれど、それが妙《みょう》に甘ったるい。

「よく、うちでは真守先生の話が出るんですよ」

「え？」

そういえばそんなような話をついさっきも智樹から聞いた気がする。真守が乳白色の表面からふと顔を上げて振《ふ》り向くと、日高がふっと目元を細めた。

……あ、またこの表情――。

どこか甘さを含《ふく》んだそれにどきっとする。

日高が懐《なつ》かしむような口調で言った。

「どの先生にもお世話になったんですが、やっぱり真守先生には特別お世話になったので」

「いえいえ、そんなことはないですよ」

「智樹も一番懐いていたようですし」

「え、そうだったんですか」

これには少し驚《おどろ》く。担任だったからだろうと言うと、日高は笑って軽く首を横に振ってみせた。誰とでも仲良くできる智樹は、どの保育士とも相性《あいしょう》はよかったように思う。真守だけが特別という雰囲気はなかったけど、父親からしたら違って見えたのだろうか。

「母親がいない分妙に…しっかりしすぎてしまって、心配なところもあったんです。だからさっき、真守先生に甘えている智樹を見て、なんというか…嬉《うれ》しかったんですよ」

「ああ……そうですね。俺もちょっと嬉しかったです」

本当はユータと喧嘩《けんか》して、その影響《えいきょう》がこんな形で出てしまったのだろうけれど、甘える智樹も悪くなかった。日高もきっと、たまにはあんなふうに甘えてほしいのだろう。

なんだか、思った以上に不器用な父子だな——。

傍目《はため》には、エリート然とした出来る父親と礼儀《れいぎ》正《ただ》しいしっかり者の息子《むすこ》に見えたのに。

ゆったりとコーヒーを啜る日高をちらと見やると、不意に目が合った。

うっと言葉を詰《つ》まらせる真守に、日高は微《かす》かに笑《え》んでから静かに唇《くちびる》を開く。

「真守先生には、父子共々本当にお世話になりました」

真守はとんでもないと首を振るが、逆に日高に振り返されてしまう。

「真守先生が担任になったのが、智樹が最年長ぐみの時だったでしょう。その前の年は特に何も問題はなかったんですが、さすがに小学校に上がる前にはいろいろと準備があるだろうって会社の同僚《どうりょう》に言われて、困り果ててしまいました。俺には何が何やらさっぱりだった。だから最初の保護者面談で、真守先生が言って下さった言葉が本当に嬉しかったんです」

――何か困ったことやわからないことがあったら、遠慮《えんりょ》なくいつでも言って下さいね。俺にできることなら力になりますから
去年最初の保護者面談で日高にそう告げたことを、真守は思い出していた。そういえばあの時、どこかほっとした顔で嬉しそうに笑いながら礼を言われたような気がする。

それからだ。日高がちょくちょく真守に相談を持ちかけるようになり、真守も掻《か》き集めた情報を交えて自分なりのアドバイスをするようになったのは。普通《ふつう》はこういう話は保護者同士の世間話で入手するものなのだが、サラリーマンの日高の耳にはなかなか入ってこないからだ。

あれが少しは役に立っていたのだろうか――

そうだったらいい。マグカップに口をつけながらそんなことを思っていると、日高が「少し自分の話をしてもいいですか」と言い出した。頷《うなず》くと、彼は微笑して口を開く。

「智樹の母親とは、あいつが三歳の時に離婚《りこん》したんです」

穏《おだ》やかな口調で突然《とつぜん》切り出された話は予想外のものだった。真守は一瞬《いっしゅん》この先を聞いていい

ものかどうか戸惑《とまど》うが、日高は気にせずそのまま続ける。

「もともと仕事が大好きな女性でね。智樹が生まれてからは育児に追われて、だけどちょうど古くからの友人が会社を興《おこ》すことになって、もう一度やり直したいと言われたんです。俺も仕事ばかりで家庭のことは彼女に任せっぱなしだったから、仕方ないとも思いました」

「……そうだったんですか」

「智樹のことは話し合って、結局俺が引き取ることに決めて。……でもその話を簡単にあの子にした時、まだ何も言ってないのにあいつ、俺たちの顔を真っ直《す》ぐに見て言ったんですよ」

――ぼく、おとうさんといっしょにいる。おとうさんをひとりにはしておけないもん
「情けなかったですね。まだたった三歳の子に、そんなふうに言われるとは思ってもみなかった。どれだけ頼《たよ》りない父親に映っていたんだろうって考えて、泣きたくなりましたよ」

だからこれからは、智樹を一番に生きていこうと決めました。

そう穏やかに告げる日高の顔は、ひどく嬉しげだった。

「それまでは彼女が家にいてくれたので、あの子は幼稚園《ようちえん》に通う予定だったんですよ。だけど急に俺たちがそんなことになったから、母親も一緒《いっしょ》になって慌《あわ》てて保育園を探して――……『さくらおか』に入れたのは、本当に運がよかった」

それはちょうど年度が替《か》わる時期で、さくらおかは新入園児の募集《ぼしゅう》と同時に各クラスの追加募集も行っていた。毎年、様々な理由で退園する園児がどのクラスでも出てくるからだ。募集人数数名の枠《わく》でも多数の応募《おうぼ》があり、毎度のことながら抽籤《ちゅうせん》になるのだが、そこから入ったら

ちの一人が智樹だった。

「最初は、あの独特の園風に驚いたんですけどね」

「ですよね。みなさんそう言われます。俺も入ってからいろいろと驚かされましたから」

「だけど、あの園でよかった。智樹はもちろん、俺も楽しかったです。毎日、園に通うのが楽しみでした。さくらおかは、子どもと同じくらい俺にとっても思い出深い場所になりました」

「……ありがとうございます」

そんなふうに言ってもらえると本当に嬉しい。保育士冥利《みょうり》につきる。両手に包み込んだマグカップから上ってくる少し匂《にお》いの薄《うす》くなった甘い湯気を吸い込み、自然と頬《ほお》が弛《ゆる》んだ。ほどよく冷めたミルクが胃の中で更《さら》にあったまるかのように、心と一緒に身体《からだ》がぽかぽかしてくる。

「実は五月頃《ごろ》に一度、真守先生をお見かけしたんですよ」

「えっ、どこでですか？」

思わず訊《き》き返せば、日高が口にしたのは、今年の春隣町《となりまち》にオープンしたばかりの大型デパートの名前だ。急いで記憶《きおく》を遡《さかのぼ》らせていると、日高が続けた。

「皓介《こうすけ》先生と、一緒に歩いておられたのを」

「皓介？」と、突然出てきた同僚の名を鸚鵡《おうむ》返《がえ》して、すぐにピンと思い当たることがあった。

「ああ、そういえば新しくできたから行ってみるかって話になって、行きましたね。日高さんたちもいらしてたんですか。声をかけてくだされればよかったのに。あの時は他《ほか》にもさくらおかのメンツがいたんですよ。みんな日高さんも智樹くんも知ってるんですから……」

「みなさんで行かれたんですか」

「？　はい。あの日は別に用があって、その帰りに寄ったんですよ。急にアイスが食べたくなって」

「そうだったんですか。……そういえば、あの日は暑かったですね」

「でしょう？　よく覚えてますよ。車一台に男五人ぎゅうぎゅう詰《づ》めだから暑苦しくて」

思い出し笑いをする真守に、日高がふと訊いてくる。

「皓介先生とは――…いえ、皓介先生はお元気ですか？　確か以前、真守先生とは同期だと聞いた覚えがあるんですが」

「ああ、そうなんです。俺たちの代《だい》が一番採用人数が多かったんですよ。俺は滑《すべ》り込みで何とか潜《もぐ》り込んだんですけどね。皓介先生は元気ですよ。今年はくまぐみ担当です」

「そうですか。皓介先生には智樹が真守先生の前――こあらぐみの時にお世話になりました」

「そうでしたね。今年は俺がこあらぐみ担当なんですよ」

「こあらですか。さくらおかの、あの動物のイラストがついたクラスプレートは和《なご》みますね」

話しながら、真守は徐々《じょじょ》にがっかり感が込み上げてくるのを止められない。卒園式以来今日が初めてかと思えば、数ヵ月前にすでに出会っていたとは。見かけたのなら、その時一声かけてくれればよかったのだ。少し恨《うら》めしい気持ちで横目に隣《となり》を見やると、カップを傾《かたむ》けた日高は何を思い出しているのだろう、どこか嬉しげに目元を細めていた。旨《うま》そうに喉《のど》を鳴らして、そうしてゆっくりと言葉を紡《つむ》ぐ。

「真守先生に、また会えてよかった。あれだけお世話になっておきながら、きちんとお礼もできないままお別れになってしまって、ずっと心残りだったんです」

「お礼だなんて、とんでもない…ですよ。俺は保育士として当然のことしかしてないですし」

笑って否定すると、日高がふと真面目《まじめ》な顔をする。

「先生には一保護者に対するごく普通のことでも、俺にとっては忘れられないくらい、一つ一つがとても嬉しい事だったんですよ。なのに俺は最後まで自分のことばかり考えていて、大事な事を伝えてなかった。だからこうやってまた会えて、お話ができるのが嬉しいんです」

見つめられてそんなことを言われれば、途端《とたん》に体温が跳《は》ね上がった。急激に喉の渇《かわ》きを覚えて、手元のマグカップを一気に飲み干す。

「本当は卒園式の日――あの時、実は一度園を後にしてから、もう一度……真守先生？」

「……あれ？」

急にくらりと視界が回った。「大丈夫《だいじょうぶ》ですか！」と慌てたような声がして、気づくと真守は日高の胸元《むなもと》に顔を埋《うず》めていた。驚《おどろ》いて急いで身体を引き剥《は》がそうとしたが、自分のものなのにまるで別もののように言うことを聞いてくれない。

「もしかして先生、アルコールに弱いですか？　すみません、そのホットミルクに少しブランデーが入ってたんです。まいったな、平気そうに飲んでたから」

よく眠《ねむ》れるようにと思ったんですが、と頭上から日高のらしくない焦《あせ》り声が降ってくる。

ブランデー？

そんなの全然気がつかなかった。気を張っていたこともあって、ほのかな甘味を感知するので精一杯《せいいっぱい》だ。少し緊張《きんちょう》がとけて、そこで一気にきたのかもしれない。その上追い討《う》ちをかけるようにがぶ飲みをしたのだ。酒の名前を聞いてしまってから余計にアルコールが回ってきたような気がする。

「すみません、俺……実は酒……ぜんぜん、飲めなくって……」

「そうだったんですか。そうとは知らずに勝手な事をしてしまってすみません。あ、ベッドに運びましょう。そのままもう寝《ね》て下さい」

本当にすみません、と申し訳なさそうな声音《こわね》が耳元で告げてくる。くらくらとする頭をどうにか持ち上げようとするけれど、失敗してとん、と額が何かにぶつかった。布越《ご》しに触《ふ》れるそこが、日高の肩口《かたぐち》だと気付いたのは数秒遅《おく》れてからだ。真守の肩《かた》を抱《だ》くようにして支えてくれている大きな手が、なぜか優《やさ》しく頭を撫《な》でてくる。髪《かみ》を梳《す》き、撫ぜる、どこか甘やかすような手つきに、懐《なつ》かしい心地《ここち》よさを覚えてそのまま甘えたくなる。

「日高さん……卒園式…のこと、覚えて、ますか……?」

「真守先生?」

「あのときも、こんな…ふうに……日高さん、俺のこと……」

閃《ひらめ》くように脳裏《のうり》を過《よ》ぎったのは、半年前に見た桜吹雪《さくらふぶき》。

「……俺ね、あの時……本当、は……」

そこで意識が完全に途切《とぎ》れた。

そっと、額にかかった髪を梳き上げられたような気がした。

だけど、閉《と》ざした瞼《まぶた》を持ち上げるのは億劫《おっくう》で、心地好《よ》いまどろみの中から抜《ぬ》け出せない。

不意に唇《くちびる》に、弾力《だんりょく》のあるやわらかいものを押し当てられた。

優しく啄《つい》ばまれて、輪郭《りんかく》をなぞられるようにして舐《な》められる。

日高さん——…？

ああ、こんな夢まで見るようになるなんて、もう重症《じゅうしょう》だ。

そう呆《あき》れる一方で、夢だからいいのだと思う。

——少しむなしくて、ひどく幸せな夢だった。

2

私立さくらおか保育園の豪奢《ごうしゃ》な正門脇《わき》には、両側に桜の巨木《きょぼく》が立っている。春にはこの桜がふんわりと淡《あわ》い花をつけて見事なものなのだが、今は秋。普通《ふつう》の木だ。そのなんの面白《おもしろ》みもない木を、真守はぼんやりと見上げていた。

脳裏に蘇《よみがえ》るのは、今年の春の卒園式。

あの日、逞《たくま》しい肩越《かたご》しに眺《なが》めた桜は満開に近かった。

肩越し――。

途端、かっと顔が熱くなる。

「真守先生、何やってんの」

「急に頭ふりだしたよ。ヘンなの」

「お弁当忘れたんだよ、きっと。先生、ミクのちょっとわけたげるから、早くこっちおいでよ」

「もう、おっちょこちょいだなあ。オレのもやるよ」

「忘れてません。先生もちゃんとお弁当は持ってきました」

芝生《しばふ》に敷《し》いたレジャーシートの上に座り、各自準備し終わっている子どもたちを見て、真守は慌《あわ》てて輪の中に戻《もど》った。自分のために空けてある場所に座り、ぐるりと見渡《みわた》す。

「それじゃあ、みんな手を合わせて」

真守に倣《なら》って、四歳児クラス『こあらぐみ』の全員が一斉《いっせい》に同じ恰好《かっこう》をする。

「いただきます」

「いただきます！」

大きな声がぴったり重なって、秋晴れの空の下、元気に響《ひび》き渡《わた》った。

この園では毎週水曜日がお弁当の日だ。

天気がいいので今日はみんなで外に出て食べることにした。広大な敷地《しきち》内ではあちこちに、同じように手入れの行き届いた芝生の上で昼食をとる別クラスの姿がある。

それぞれの集団に保育士が少なくとも一人はいるのだが、そのどこにも女性の姿は見当たらない。保育士どころか、園の職員は調理師、栄養士、看護師から事務職員までと、すべて男性で統一されているのだ。『さくらおか』の最大の特徴《とくちょう》といっていいだろう。

真守たちの雇《やと》い主でもある経営者の佐久良《さくら》理事長は、一風変わった人物だ。

その容姿はどうやったらあんな造りになるのだろうと、それこそ完璧《かんぺき》といってもいいほどのある種現実離《ばな》れした外見をしているのだが、一方でその実体はいまいちよく摑《つか》めない。

ここ『さくらおか』は、その彼が慈善《じぜん》事業の一環《いっかん》として経営している保育園である。

とても保育園とは思えない広大な敷地に設備の整った大きな園舎。腕《うで》のいい調理師たちが作る給食やおやつも豪華《ごうか》だし、各種イベントも充実《じゅうじつ》している。おかげで毎年入園希望者の倍率は他《ほか》では考えられないほどだ。理事長の計り知れない財力は、ここで働いている職員も想像するのが恐《こわ》くて、追及《ついきゅう》するものは誰《だれ》もいない。

その職員も、理事長の何かしらの思惑《おもわく》があるらしく『全員男性』と徹底《てってい》していた。それも先輩《せんぱい》保育士から伝え聞いた噂《うわさ》によると、理事長の基準に達した一定レベル以上の容姿と能力を持つ者ばかりなのだという。競争率の高い中、彼のお眼鏡《めがね》に適《かな》った自分は幸運なわけで、それゆえ認められた以上、ここで働く職員として求められるものは大きい。とはいえ、公私に亘《わた》って細々とした取り決めはあるけれど、慣れればそれも当たり前に思えてくるものばかりだ。

そんな個性的な『さくらおか』だから、この辺りでは子どもからお年寄りまで誰でも知っている保育園として有名である。一部では厭《いや》みではなく自慢《じまん》のご当地名所として、高級ホストクラブとも騒《さわ》がれているようだが、周囲の反応が少々変わっている以外は、中身は至って普通の保育園だ。毎日子どもたちの笑い声で満ちている。

「先生、見て！　コアラさん」

隣に座っていた女の子が、自分の小さな弁当箱を真守の目の前に差し出してきた。

「うわっ、すごい。本当にコアラだ」

そういう型があるのだろう、弁当箱の中心でコアラの型抜きご飯が笑っていた。周囲は小量ずついろんなおかずでカラフルに埋められている。

最近の子どもの弁当の中身を見ていると、つくづく凝《こ》っているなと感心してしまう。

ふと、智樹の話を思い出した。

当時、週に一度のお弁当は、なんと日高が作っていたのだという。中身はほとんどが冷凍食《れいとうしょく》品《ひん》を詰《つ》めただけのものだったけれど、その冷凍食品も解凍《かいとう》するところから練習したというから、相当苦労したのだろうことが窺《うかが》える。それでもかわいい息子《むすこ》のために、朝早くからキッチンで小さな弁当箱と向き合う彼を想像すると、胸の内側があったかくなった。

——日高父子と再会した日の翌朝、真守が目覚めたのはベッドの上だった。

寝ぼけ眼《まなこ》に映ったのは覗《のぞ》き込んでくる智樹の顔。びっくりして飛び起きた後は、日高とお互《たが》いの失態を思い返して謝りあいだ。

そんな再会を経《へ》て、あれから真守は会議や行事の準備で仕事が長引く日以外は、ほとんど毎日といっていいほど日高親子が住むマンションを訪《おとず》れていた。

迷惑《めいわく》ではないかと心配になる頻繁《ひんぱん》さだったけれど、智樹はやはり父親が帰って来るまで一人で待っているのはさみしかったのだろう。仕事で明日は来られないと告げると、ひどくがっかりしてみせる。そこまで受け入れてもらっているのだと思うと、正直嬉《うれ》しかった。日高も真守がそこにいることを当然のように受け入れている節があって、別れ際《ぎわ》には当たり前のように『また明日』と言って送り出してくれるのだ。それがまた無性《むしょう》に嬉しい。

とりあえず今は、ひょんなことから二人と一緒《いっしょ》に過ごせるようになった時間を何より大切に思う。今までの自分は充分《じゅうぶん》満たされていると思っていたのに、こんな充足感は初めてで、日々がとても幸せだった。

「真守先生、もうすぐ遠足だね」

「うん、そうだな」

そういえば、小学校ももうすぐ遠足だと言っていた。智樹の弁当はどうするのだろう。

「先生、これほしいの？」

「うん、そうだな」

「じゃあ、あげる」

「うん、そう……ん？」

じっと園児の弁当の中身を凝視《ぎょうし》しながら考え事に耽《ふけ》ってしまっていた真守を、どう勘違《かんちが》いしたのか、コアラ弁当の彼女がプチトマトをつまんで真守の弁当箱にそっと移し入れた。

「こらこら愛良《あいら》ちゃん。キライだからって先生の弁当箱に入れるんじゃありません」

「えー、真守先生ほしいって言ったじゃん。だってこれ、おいしくないんだもん」

「栄養を考えてお母さんが入れてくれてるんだから、ちゃんと食べなきゃダメ」

愛良がぷうっと頬《ほお》を膨《ふく》らませた。戻されたプチトマトを渋々《しぶしぶ》口に入れて、まずいと呟《つぶや》く。

少し涙目《なみだめ》になっている愛良に、真守は苦笑《くしょう》して頭を撫《な》でてやる。

「何でかな。おいしいのになあ、トマト」

自分の弁当にも入っていた八つ切りのトマトを、愛《いと》おしむように口に入れながら、思い出し笑いが漏《も》れた。

そうだった。ケチャップは平気なのに、日高父子も揃《そろ》って生のトマトが苦手なのだ。

「ああ、キャラ弁ね」

頬杖をついた同期の専属調理師が、泣きぼくろが印象的な目元を流して寄越してきた。

子どもたちがお昼寝タイムに突入し、ようやく真守も手があいたところだ。職員室に戻ったついでに笹《ささ》を食《は》むパンダのプレートがかかった調理室を覗いてみると、ちょうど新南《にいな》が一息ついていたのでお邪魔《じゃま》したのである。

お弁当の日の今日は給食を作らなくてもいいので、もう一人の調理師は公休を取っているようだ。他に栄養士もいるのだが、彼は買い出しに出ていて不在だった。

真守はコルクボードに貼《は》ってある献立表《こんだてひょう》を眺める。

本日のおやつはプリン。手作りにこだわるさくらおかだ。業務用の巨大《きょだい》冷蔵庫の中では、彼らが作った大量のプリンがひんやりと冷やされているのだろう。

ぼんやり思いながら、あくまでも世間話の一つとして話す。

「そうそう、そのキャラ弁」

キャラ弁とは最近よく耳にするキャラクター弁当のことだ。我が子のために母親たちも少なからず興味があるようで、送り迎《むか》えの際に顔を合わせる彼女たちの話にしばしば上っていた。

「それってさ、作るの難しい？」

「なんだよ、やぶから棒に」

新南が訝《いぶか》しげに眼差《まなざ》しを眇《すが》めた。様々なタイプの男たちが集《つど》うここでも、容姿の派手さでは一、二を争う彼だ。シェフコートを脱《ぬ》いで、保育園という職場では珍《めずら》しい職員共通の同じ白シャツを羽織っていても、真守とでは華《はな》やかさがまるで違《ちが》う。保育士と比べたら保護者の前に出ることは少ないのだが、職員をアイドル視して楽しむ母親たちの人気は高く、その一方で頼《たよ》りがいのある性格は仲間内にも慕《した》われていた。

「別に深い意味はないよ。子どもたちの弁当の中身を見て、凝ってるなって思っただけ」

「ふうん」

ただ、恐《おそ》ろしく勘《かん》がいいので、こういう時は困る。

「で？　いくつになるんだ」

「は？」

「男の子？　それとも女の子？　長い付き合いなのに、まさかお前に隠《かく》し子《ご》がいたなんて気づかなかったな。にしても、水臭《みずくさ》いだろ」

「ちょ、ちょっと待てよ。ニーナ、お前何を勘違い……」

「そういえば誰かも言ってたな。お前最近付き合い悪いってさ。珍しく秘密主義か？　ん？」

「勘違いだろ。別にそんなことねえって」

「どうだか。おい、鞄《かばん》から何か飛び出てる……ふうん、それって誰からのプレゼント？」

「え？　あっ、うわっそれはっ」

ぎょっとして、次の瞬間《しゅんかん》、真守は隣《となり》の椅子《いす》からひったくるようにして自分の鞄を抱《かか》え上げていた。職員室から一階の全保育室に配布物を運んでまわる際、両手が塞《ふさ》がっていたので私物の鞄を利用したのだ。新南が見つけたのは、そのポケットからはみ出している中身。何かの拍子《ひょうし》にポケットのスナップボタンが外れて飛び出してしまったらしい。

それを咄嗟《とっさ》に彼の目から隠すような行動を取ってしまってから、はっと真守は我に返る。しまった。

一瞬《いっしゅん》の沈黙《ちんもく》の後、喉元《のどもと》で笑いを嚙《か》み殺すような、さも愉快《ゆかい》げな声音《こわね》が聞こえてくる。

「そんなに慌《あわ》てなくても。お前の大切なモノを取るわけないだろ」

「いや、ちがっ、違う。これは俺が自分で買ったんだよ」

「へえ」

適当に相槌《あいづち》を打つも、まったく信じてないだろう新南が、にやにやと人の悪い笑《え》みを浮《う》かべて寄越す。バツの悪さに小さく舌打ちをする真守に、ふと彼は思い出したように訊《き》いてきた。

「真守。今度の日曜、あいてる？」

「は？　日曜？」

「そ、日曜。講習会があるんだよ」

「講習会？」と首を捻《ひね》って鸚鵡《おうむ》返すと、新南が察しろよと少し呆《あき》れたように目元を眇めた。

「キャラ弁の講習会。保護者対象に開いてるやつ。この前手紙を配っただろ」

「ああ、そういえば」

この保育園では保護者の要望に応《こた》えて、専属調理師が不定期で保護者対象の料理講習会を開いている。今回はそのテーマが『キャラ弁』だった。

「お前も参加したら？」

「えっ、いいの？」

思わず勢いよく訊き返してしまった真守に、新南が軽く目を瞠《みは》って苦笑する。

「ほら。やっぱりお前が作りたいんじゃないか」

「ち、違《ちが》」

「ま、お前が参加すれば、お母さま方も喜ぶよ。俺も参加しますからって適当に宣伝しといてくれるとありがたい」

「俺は客寄せパンダか」

「この時季だと弁当は遠足のためか。お子さまは園児？　それともまさか小学生？　どんなキャラクターがお好みか探《さぐ》りを入れとけよ。しっかし、俺らが出会った時には実はもうすでにパパでした、だったら衝撃《しょうげき》的だね。随分《ずいぶん》と遅《おく》れたけど今度祝おうか。そうだな、職員全員で理事長の豪邸《ごうてい》でも借りて」

「……お前、楽しんでるだろ」

片頬杖をついて胡乱《うろん》に見やると、新南は一瞬の真顔の後、無言でにやあっと笑って白い歯を覗《のぞ》かせてきた。なんて憎《にく》たらしい。

憎たらしさは更《さら》に続く。

「今度紹介《しょうかい》してよ。そのハンカチをくれたヒトと一緒《いっしょ》に」

「だから、俺が買ったんだって言っただろ」

「あっそ。へえ、ふうん、藍地《あいじ》に和柄《わがら》なんて、らしくない」

「……店に行った時、たまたまそういう気分だったんだよっ」

やけくそに言って、ふんとそっぽを向いた。新南はまだにやにやと笑っている。

――らしくない。

そりゃそうだろう。付き合いの長い彼が言うのも尤《もっと》もだ。渋《しぶ》い柄は真守の趣味《しゅみ》じゃない。

これは未《いま》だ返せないまま、もう半年以上ずっと持ち歩いている――日高のものなのだから。

✚　✚　✚

「……こ、こう？」

専用の踏《ふ》み台に乗った智樹が、真剣《しんけん》な顔で椀《わん》の中の溶《と》き卵を鍋《なべ》に傾《かたむ》ける。以前は一気に流し入れて巨大な卵の塊《かたまり》が出来てしまった『しめじの澄《す》まし汁《じる》』のリベンジだ。

「そうそう、ゆっくり回すように入れて……上手《うま》い上手い」

慎重《しんちょう》に卵を流し入れていると、玄関《げんかん》の方で物音がした。

「智樹くん、何か音がした。お父さんが帰ってきたんじゃない？」

「え？　あ、本当だ。行こう、真守先生」

ふんわりと満遍《まんべん》なく卵とじに成功した澄まし汁の火を一旦《いったん》止めて、二人して玄関に向かう。

「おかえりなさい！」

声を合わせて出迎《でむか》えると、日高は少し驚《おどろ》いたような顔をした。

「ただいま」

智樹を軽々と抱《だ》き上げ、真守と視線を交《か》わして穏《おだ》やかに微笑《ほほえ》む。

こんなふうなやり取りも、最近では日常化してきた。

「もぉお父さん、子ども扱《あつか》いしないでよ」

抱きかかえられたのが不満だったのか、智樹が唇《くちびる》を尖《とが》らせる。

「悪い悪い。いい匂《にお》いがするな」

「今日は肉じゃがだよ。しめじの澄まし汁に、ほうれん草のおひたし。あとはね……」

床《ゆか》に下ろしてもらって先頭を歩きながら、智樹が得意げに夕飯のメニューを唱える。その小さな背中を追いながら、真守と日高は顔を見合わせて小さく笑った。

「そういえば、遠足はどうだった？」

テーブルに着いて早々、日高が思い出したように訊いた。智樹がにっこりと笑う。

「動物園楽しかったよ。でもね、もっとすごかったのが真守先生の作ってくれたお弁当！」

智樹のきらきら輝《かがや》く瞳《ひとみ》が真守に向いた。興奮した声がはしゃぐ。

「いろんな色の小さいおにぎりがあって、すごくキレイだったんだよ。ハンバーグもクマさんだったし、うずらのたまごはヒヨコでしょ？　リンゴはウサギ……『さくらおか』のクラスの動物が全部入ってた。隣のクラスの子たちまで僕のお弁当を見に来たんだよ」

「そうか。それはお父さんも見てみたかったな」

「ごめんね。写真とっておけばよかったね」

失敗、と智樹が残念そうに言う。日高が苦笑《くしょう》して小さな頭をくしゃりと混ぜた。

「真守先生、ありがとうございました。そんな凝《こ》った弁当を作ってもらえるなんて思わなかったので……朝、早かったでしょう」

「そんなことないですよ。下準備は昨日の夜に済ませておいたので、今朝はそんなに忙《いそが》しくもなかったですし。それに、俺も楽しかったですから」

見た目はとても手の込んでいるように見えるけれど、実は実際に作ってみるとそれほどでもない。講習会に参加した際、お母さま方からいろいろな情報をもらって、いそいそとデパートにも出かけてみた。今は売り場に専用コーナーもあって、様々なお弁当グッズがあるのだ。本当のところを言うと、あれこれ型を選んだりこんなものまでというような便利グッズを見つけて感心したりしながら、真守自身が結構楽しんでしまっていた。その上、肝心《かんじん》の智樹には予想以上に喜んでもらえたのだから、もう何も言うことはない。個人的には大満足だ。

真守と智樹の会話をしばらく楽しげに聞いていた日高が、ふと唐突《とうとつ》に口を挟《はさ》んできた。

「智樹、そういえばお前、遊園地に行きたいって言ってただろう。今度の休みに行くか」

「本当に！」

智樹が日高を振《ふ》り向き、ぱっと満面の笑みを浮かべる。父親が頷《うなず》くのを確認《かくにん》すると、すぐさま真守に向き直った。本当に嬉《うれ》しそうだ。

「よかったな、智樹くん」

「うん！」

「真守先生。実は先生も一緒に――のつもりで、計画を立てていたんですが」

どうですか、と突然《とつぜん》日高に水を向けられて、真守は一瞬きょとんとなった。

「……え？　俺も？」

「そうだよ！」

「そんなに不思議そうな顔をしないで下さい。勝手に決めてしまって申し訳ないですが、出かけるのなら真守先生も一緒じゃないと。いつも休日まで付き合ってもらっているのに、行くのはデパートやスーパーばかりですし、たまには一緒に遊びに行ければと思って」

思いがけない誘《さそ》いに、驚く。

最初から、俺も一緒に――？

日高がにっこりと微笑んで訊《たず》ねた。

「今度の日曜のご予定は？」

「……それは――」

今、日高が自分でも言ったではないか。

当たり前のように考えていたから、ここに来る以外、真守の予定は真っ白だ。

✚　✚　✚

「ふん、ふふん、ふんふん、ふん、ふふん、ふふうん」

先ほどから同じフレーズを繰《く》り返している智樹の鼻歌に合わせて、三人の手元もせっせと動く。曲目は、てるてるぼうずに明日の天気をお願いするあの歌だ。

「ぴっかぴかに晴れてくれたらいいのに」

「あまり晴れすぎても暑いだろう。くもりでちょうどいいじゃないか」

「もお、お父さんは！ そんなこと言ってると雨が降っちゃうんだよ」

ぶうっと唇を尖らせて、智樹が日高を睨《にら》む。

先ほど三人で確認した天気予報では明日はくもりで、降水確率は三十パーセントだったが、その微妙《びみょう》さがかえって智樹の不安を煽《あお》ったらしい。

不安げな眼差《まなざ》しでテレビをじっと食い入るように見ていた彼は、次に真守を見つめて一体何を思い出したのか、突然てるてるぼうずを作ろうと言い出したのだ。保育園当時にも六月になるとみんなで作ったけれど、あの時とは比べようもないほどの積極性だった。どこからかガーゼと脱脂綿《だっしめん》を抱《かか》えてきて、大人二人にも各自作るよう材料を渡《わた》してきたのである。

「ああっ、お父さん、何作ってるの!?」

器用に作り上げたそれにかわいらしい顔を描《か》き終えて満足そうに顔を上げた智樹は、隣《となり》の日高の手元を見た瞬間《しゅんかん》、悲鳴のような声を上げた。

息子《むすこ》の奇声《きせい》にびくっ、と日高が厚い肩《かた》を揺《ゆ》らす。

「何って、お前がてるてるぼうずを作れって言ったんじゃないか」

「そんなのてるてるぼうずじゃないよ！ 呪《のろ》いの人形じゃない！ 雨どころか雷《かみなり》が鳴って雪ま

で降ったらどうするのっ！」

「………」

黙《だま》りこんでしまった日高の手元を真守も見たが、これはフォローが難しいと悩《なや》む。

智樹の表現は言いえて妙《みょう》だった。どれほど綿を詰《つ》めたのか重ねたガーゼが破けて頭の天辺《てっぺん》からちょろっとはみ出ているのが少しグロテスク。その顔も何があったのかこの世の終わりのような表情だ。しかもインクが滲《にじ》んで悲惨《ひさん》なことになっている。同じ材料なのに、どうやったらあんなふうになるのだろう。智樹のと並べると雲泥《うんでい》の差だ。

「お父さんは僕たちと遊園地に行きたくないの!?」

「そんなわけないだろう。行きたいからこうやって一生懸命《いっしょうけんめい》だな……」

「そのてるてるぼうず、フキツだよ」

ぼそっと智樹が呟《つぶや》いたところで、タイミングよく電話が鳴り出す。日高が助かったとあからさまにほっとした顔で立ち上がった。逃《に》げるようにして電話に出に走る。

「もお、お父さんは不器用すぎるんだよ」

自分のと日高のを見比べて、智樹が呆《あき》れたように言った。真守は笑う。

「だけどいいお父さんだろ？　苦手なのにちゃんと一緒《いっしょ》に作ってくれるんだから。それに智樹くんもそんなお父さんが大好きだって俺に教えてくれたじゃないか。ちゃんと覚えてるよ」

最近二人で話した会話を持ち出すと、智樹はちょっと面映《おもは》ゆげにしてこくりと頷いた。

「智樹、ユータくんからだ」

「え？　ユータ？　あ、そっか。明日の話かな」

日高の声に智樹がぴょんと椅子《いす》から下りて駆《か》けていく。明日はユータも一緒らしい。二人はあれから仲直りしたようで、智樹の親友に是非《ぜひ》とももう一度会ってみたい真守としては、四人で出かけるのに賛成だった。それに。

——たまには一緒に遊びに行ければと思って
日高の声を思い出せば、自然と顔がにやける。明日の遊園地をわくわくと楽しみにしているのは、なにも智樹だけではない。明日は何を着て行こうかと、昨日からいそいそと準備をしていた真守の部屋は、今引っ張り出した服があちこちに散乱していて足の踏《ふ》み場もない状態だ。

「どうしました？」

にやにやとしながらてるてるぼうずをいじっていた真守を不審《ふしん》に思ったのか、戻《もど》ってきた日高が訊ねてきた。慌《あわ》てて首を横に振ってみせる。

「あ、いいえ。明日晴れるといいな、と思って」

「そうですね。俺も本当に楽しみにしてるんですよ」

てるてるぼうずはこんなんですけど、と日高が情けなさそうに言うから、笑えた。

「真守先生」

「はい？」

つるつるの頭からはみだした綿をつまみながら、日高が少し躊躇《ためら》いがちに切り出す。

「今更《いまさら》なんですが……ここ最近ずっと、真守先生の休日を俺たちが独占《どくせん》していることに気づいて、本当にいいのかと一度訊《き》いてみたかったんです」

長い前置きのあと、続けられた言葉に真守は一瞬面食《いっしゅんめんく》らった。

「真守先生は、その――……いま、特別な方はおられないんですか」

「……いませんよ。まっ、まったく、全然っ」

力いっぱい否定すると、日高は僅《わず》かに驚《おどろ》いたような顔をして、それからふっと微笑《ほほえ》んだ。

「そうですか」と呟く。その声が真守の耳にはどこかほっとしたように聞こえて、益々《ますます》調子に乗りそうになる。

独占……なんて、いくらでもしてくれていいのに――。

むしろこっちの方が日高父子を独占しているような感覚だったから、日高にもそんなふうに思われていたことにひどく心が舞《ま》い上がった。

「……日高さんは、あの……同じこと、訊いてもいいですか？」

日高が手元から顔を上げて真守を見る。彼も智樹の父親であれこそすれ、今は誰《だれ》かの夫ではないのだ。まともに見つめ合ってしまいどぎまぎしていると、彼は眦《まなじり》をやわらげてみせる。

「見ての通りです。色気の欠片《かけら》もない生活を送ってますよ。……でも、幸せですけどね」

真っ直《す》ぐに目を見て穏《おだ》やかにそんなことを言われれば、今の真守なら都合よく勘違《かんちが》いの一つや二つ、平気でしてしまいそうだった。

「真守先生、これからもいろいろとお誘いしてもいいですか？」

「――…もちろんです。こちらからも、よろしくお願いします」

たぶん顔が赤くなっている。

日高に嬉しそうに微笑まれて、もっと赤味が増した気がした。

✚　✚　✚

休日の遊園地は混《こ》んでいた。

最近、絶叫系《ぜっきょう》の新アトラクションができたからか、親子連れよりも若者たちの姿が目立つ。

「晴れてよかったな」

「真守先生と一緒にてるてるぼうず作ったもんね」

智樹が嬉々《きき》とした声で言う。隣に日高の渋面《じゅうめん》。呪いの人形がゴミ箱に葬《ほうむ》られたおかげで、今日は朝から快晴だ。

「どこからまわろうか」

「うーん、えっとねえ……お父さん、これどっち？」

「これから乗るのか？　お前、チャレンジャーだな」

智樹と日高が案内図を見ながら、最初にどのアトラクションに向かうか相談している。その横を女の子のグループが、日高を見てきゃっきゃとはしゃぎながら通り過ぎて行った。

真守からすれば、似たような光景が職場では日常茶飯事《さはんじ》である。理事長をはじめ、カッコよく若い保育士たちばかりが集《つど》う一風変わった保育園では、自分の気に入った職員を見つけて同士と情報交換《こうかん》と称《しょう》しておしゃべりするのも保護者の楽しみの一つなのだ。

ただ、そこには暗黙《あんもく》の了解《りょうかい》できちんとルールが存在する。

先程《さきほど》の彼女たちにそれは望めない。

もし、この場に智樹がいなかったらと想像して、胸の辺りがむかむかとした。現に彼女たちからは「パパかあ」とひどく残念そうに呟く声が聞こえてきて、無意識に眉間《みけん》に力が入る。

外見だけでもすべてが平均を軽く上回り、同性にも羨望《せんぼう》意識を持たれる部類の男であろう日高は、女性には尚更《なおさら》、きっと凄《すご》くモテる。そうと言われなければ子持ちにはとても見えないから、知らずに言い寄ってくる者も多いはずだ。

我知らず切ない溜《た》め息が零《こぼ》れた、その時だった。

ふと、俯《うつむ》いた視界の端《はし》に小振りなスニーカーが映り込んで、真守ははっと我に返る。突《つ》き刺《さ》さるような強い視線を感じ取って、思わず小さく唸《うな》った。

「えーっと、ユータくんは何に乗りたい？」

取り繕《つくろ》った笑顔《えがお》で振《ふ》り向くと、途端《とたん》に低い位置からぎろっと睨《にら》み上げられる。

真守は内心で項垂《うなだ》れた。今朝、日高の車で顔を合わせた時からずっと、彼は真守に対してはこんな態度なのだ。先日智樹との喧嘩《けんか》の仲裁《ちゅうさい》に入ったことをまだ根に持っているのかもしれない。というよりは、おそらく真守が智樹と随分《ずいぶん》仲がいいのが気に入らないのだろう。

智樹の話から想像していた通り、彼は独占欲《どくせんよく》の非常に強い子のようだった。一番の親友を取られて堪《たま》るかと、真守に向けてくる牽制《けんせい》は半端《はんぱ》じゃない。

そんな嫌《きら》わないでくれよ――。

子どもの扱《あつか》いには慣れているはずなのに、ユータはどうにも難しくて困惑《こんわく》するばかりだ。

「ユータ、どれ乗りたい？」

ところが智樹がユータに水を向けた瞬間《しゅんかん》だった。険を孕《はら》んでいた目元が、はたと一度瞬《またた》いたかと思うと、彼はつり上げていた眦を戻して、即座に智樹に駆け寄る。真守にはぷいっと盛大にそっぽを向いて、だ。

「……うーん」

「どうしました？　真守先生」

子どもたちから離《はな》れて、日高が真守の隣《となり》に立つ。

「え？　ああ――…あの二人、仲がいいなあ、って思って」

行き先が決まったのか、智樹がアトラクション名を伝えてきた。日高が手を上げて答える。

「ユータくんは小学校で一番初めにできた友達で、智樹の一番の仲良しなんですよ」

「そうみたいですね」

先を歩き出した二人はいつの間にか手をつないでいる。楽しそうだ。

その後を日高と並んでついていく。大人二人子二人、男ばかりの四人は周囲から見たらどういう関係に見えるのだろうか。

不意に日高が呟《つぶや》いた。

「……子どもはいいですね」

って呼びかける。

「？　そうですねえ」

手を引くユータを止めて振り返った智樹が、のんびり歩く真守たちに「早く早く」と手を振

「――これでいいかな。あとは、飲み物を買ってこないと」

遊園地に設置された簡易テーブルの上には、昼食用に買い込んだファストフードが並べられている。弁当を作ってもよかったけれど、持ち込み禁止だと聞いたので今日はやめたのだ。

アトラクションを数ヶ所まわると、もうすでに正午を過ぎていた。子どもたちもお腹《なか》がすいたらしく、休憩《きゅうけい》をするのにちょうどいいタイミングだ。

向こうから日高がピザの箱を持って戻ってくるのが見えた。

「それじゃあ、俺は飲み物買ってくるから。二人ともオレンジでいい？」

二人に確認《かくにん》を取り、真守は日高の方へと向かう。

「飲み物買ってきます。日高さんは何にしますか？」

「ああ、すみません。じゃあ、ウーロン茶で」

擦《す》れ違《ちが》ってすぐに、日高に呼び止められる。

「一人では持てないでしょう。俺も行きますよ」

「大丈夫《だいじょうぶ》ですよ。持ち運びできるように台をもらえるはずですから」

先ほど、複数個のカップを持ち運びしている客を見かけた。店員に言えばカップ用に穴の開いた専用ケースがもらえるだろう。

「先に、あの子たちと食べ始めていて下さい。すぐに買ってきますから」

申し出を断って、真守は日高と別れる。

「うわ、並んでるな……」

最初に目をつけた売店は行列ができていた。確か、この先にも飲み物を売っている店がいくつかあったはずだ。ここで列に並ぶよりも、自分が移動した方が早く買えそうだったので、そちらに向かう。

朧《おぼろ》な記憶《きおく》を頼《たよ》りにきょろきょろ視線をめぐらせて歩き、急に人通りの途絶《とだ》えた先に空いている売店を見つけた時だった。

不意に、ぽんと肩《かた》を叩《たた》かれた。

一瞬《いっしゅん》、一度断った日高がやっぱり追いかけて来てくれたのかと期待してしまう。けれど振り返って、わかっていたけれど真守は内心がっかりした。

知らない男が立っている。ガタイのいい若者だ。野性味の強い見た目は真守よりふけて見えるが、軽薄《けいはく》な雰囲気《ふんいき》が年下のような気もする。

にこにこと胡散臭《うさんくさ》い笑いを浮《う》かべて、男が軽い調子で言った。

「一人っスか？」

おまけに頭も悪い。

一人で、しかもいい年した男が、ふらふらと休日の遊園地に来るわけがないだろう。

「いや、連れがいるんで」

「あ、ちょっと待ってよ」

さっさと踵《きびす》を返した真守の腕《うで》を、男が慌《あわ》てたように捉《つか》まえる。ジュースとウーロン茶がもうすぐ目の前なのに、しつこく邪魔《じゃま》してくる男が腹立たしい。

何なんだ――？

まさかこんなところで、怪《あや》しい勧誘《かんゆう》をしているわけじゃないだろうな。

ちらと視界の端に窺《うかが》った先に、『占《うらな》いの館《やかた》』なんてものがある。連れ込まれて、怪しい占い師に高い壺《つぼ》を売りつけられるのかもしれない。

なんてことは健全な遊園地ではないだろうが――それにしても厄介《やっかい》な奴《やつ》に絡《から》まれた。

うんざりとしながら、軽薄をそのまま形にしたような男を眇《すが》めた眼差《まなざ》しで睨めつける。

男が軽く目を瞠《みは》った。途端になぜか気味が悪いほどそわそわし出す。

「あの、あのさ。いや、あのですね。もしよかったら、連絡《れんらく》先を教えてもらえませんか」

「は？」

思わず眉根《まゆね》を寄せると、男がすかさず顔を覗《のぞ》き込むように一歩距離《きょり》を詰《つ》めてくる。

「あっ、いや、ダメなら、俺、この近くの店でバーテンしてて、結構いい雰囲気の店なんっスよ。今日じゃなくてもいいんで、もしよかったら今度――い、イテテテッ」

男が悲鳴を上げるのと、真守の腕から男の手が離れるのが同時だった。

真守ははっと肩越《かたご》しに振り返る。

日に焼けた男のゴツイ手は別の大きな手に捻《ひね》り上げられていた。今まで一度も見たことのないような恐《こわ》い顔をして、男の手を捻り上げていたのは——日高だ。

「い、イタタッ、はは外れる…かか肩……っ」

男の引き攣《つ》れた声に、瞬時《しゅんじ》に現実に返る。日高に腕を取られた男の顔色が見る間に変わっていく。それを目の当《ま》たりにして、真守もさっと血の気が引く。

「ひ、日高さんっ」

慌てて止めに入った。

日高はちらと真守を横目に見やり、無言のまま男の腕を投げ捨てるように解放した。男がすとんと力が抜《ぬ》け落ちたかのように頽《くずお》れる。真守も思わず膝《ひざ》を折りかけて、けれどその寸前で、日高に腕を取られて強引《ごういん》に引き上げられた。

「えっ」

「行くぞ」

「…っ」

行く、ゾ——？

初めて耳にする低さの厳しい声に一瞬言葉を失った。口調もいつもの日高のものとは違《ちが》う。

手首を強い力で摑《つか》まれて、真守は日高に引き摺《ず》られるようにしてその場を後にした。

「——すみませんでした」

賑《にぎ》やかなスペースまで引き戻《もど》して来たところで、ふっと手首を摑む力が緩《ゆる》められる。

「いえ、あの……」

一体何に対して謝られているのかわからず、真守はどう返していいのか戸惑《とまど》う。それでも、日高がいつもの彼に戻ったように感じて、ほっと胸を撫《な》で下ろした。

手首を摑んでいた日高の手が、その時、真守の手のひらまでするりと滑《すべ》り落ちる。

「……あの」

ぎゅっと握《にぎ》られて、驚《おどろ》いた心臓が一際《ひときわ》大きく跳《は》ね上がった。

「もう一人にならないで下さい。俺の傍《そば》から離れないように」

けれど、まるで迷子になった子どもを諭《さと》すかのように言われた途端《とたん》、急激に恥《は》ずかしさが込み上げる。タイミング悪く迷子のアナウンスが聞こえてきて、更《さら》に羞恥《しゅうち》が増した。日高に手をつながれている自分は、いい大人が何をやっているんだと咎《とが》められているようだった。あんなことすら一人で切り抜けられないなんて、情けない。

いたたまれなくて、つないだ手からさりげなく逃《のが》れようとすると、なぜか力を籠《こ》められた。

「……日高さん？　子どもじゃないんだから、こんなことしなくても」

「子どもたちとは別の意味で、あなたは心配だ。あの保育園で働いているんだから、もう少し自覚と警戒《けいかい》心を持ってもよさそうなものなのに」

「自覚って……」

不意に日高が目線を合わせてきた。絡み合った強い眼差しに、思わず息を呑《の》む。

「俺の傍にいて下さい。いいですね」

「——…っ」

丁寧《ていねい》なのにどこか抗《あらが》えないような口調でそう告げられた瞬間《しゅんかん》、真守の顔はかっと火を噴《ふ》いたように熱くなった。破裂《はれつ》しそうなほどの烈《はげ》しさで心臓が収縮を繰《く》り返す。

それは、一体どういう意味だ——。

少し汗《あせ》ばんだ真守の手を、日高はしっかりと握り直して再び歩き出した。

手を振《ふ》り解《ほど》こうとはもう考えなかった。思考はそれどころではなく、別の事でいっぱいだ。

途中《とちゅう》、買いそびれた飲み物を買い込む。

機械からカップに氷が落ちてくる涼《すず》しげな音をぼんやりと聞きながら、真守は茹《ゆ》で上がった自分の頭を、あの中に天辺《てっぺん》から突《つ》っ込みたいと馬鹿《ばか》なことを考えていた。

午後からも目一杯《めいっぱい》遊んで、あっという間に夕暮れだ。

最後に大観覧車に乗ろうと、子どもたちが言い出す。

「それじゃあ、後でね。お父さん、真守先生」

「え…っ」

「おい」

てっきり四人で乗るつもりで並んでいたのに、先にゴンドラに乗り込んだ子どもたちが真守たちに向けて手を振ってきた。ユータまでもが機嫌《きげん》よくにこにこと笑って手を振っている。

「はーい。それじゃあ、お子さんたちは一足先にいってらっしゃーい。お父さんたちは次のゴンドラにどうぞー」

元気のいいスタッフが子ども二人に手を振り返すと、真守たちの目の前で手早くゴンドラを閉めてしまった。

ゆっくりと二人の乗った黄色のゴンドラが遠ざかってゆく。

「……二人で行っちゃった」

啞然《あぜん》と見上げていると、若いスタッフが独特のイントネーションで呼びかけてくる。

「お父さん方、こちらにどうぞー」

ピンクのゴンドラが入り口を開けて待っていた。

思わず振り返った後ろには長蛇《ちょうだ》の列。早く行けと、智樹たちよりいくらか年上の子どもに迷惑《めいわく》そうに睨《にら》まれる。

「乗りましょう、真守先生」

苦笑《くしょう》した日高が真守の肩《かた》を叩《たた》いた。

「えっ…あ…っ」

「お二人さまどうぞー」

先に日高が乗り込む。彼と視線を交《か》わしたスタッフが、ぽっと目元を赤らめた。慌てたように真守を振り返る。

「も、もう一人のお父さまもどうぞー」

「——…」

どうやら彼女は二組の父子だと勘違《かんちが》いしているようだ。ゆっくりと動き続けるゴンドラに、真守も半ば押し込まれるようにして乗り込む。背後でがちゃん、とドアが閉められた。

「いってらっしゃーい」

それが彼女の仕事なのだから仕方ないけれど、子どもがいればまだしも、この年になってスタッフに手を振って送り出されるのはやはり恥ずかしい。だけどそれ以上に、狭《せま》い空間に日高と二人きりになってしまった今のこの状況《じょうきょう》が恥ずかしかった。恥ずかしいというよりは、どうしていいのか動揺《どうよう》の方が大きくて、心臓が不規則に脈打ち出す。

四人でいたから頭の隅《すみ》に避《さ》けておけたのに、二人になった途端、昼間の出来事を思い出してしまった。つないだ手の記憶《きおく》は、まだ消えていない。消えるどころか、じわじわと熱が蘇《よみがえ》る。

「高いところは苦手ですか？」

不意に日高が心配そうに訊《き》いてきた。

向かい合う日高とまともに目を合わせる事ができずに、自分の爪先《つまさき》ばかりを見ていた真守の態度を勘違いしたのだろう。慌《あわ》てて表情を取り繕《つくろ》った顔を跳ね上げて、首を振る。

「いえ、違います。高いところは、どっちかというと得意な方で……」

顔を上げた途端、真っ向から視線がぶつかった。日高の方が少し身を乗り出しているからか思っていた以上の至近距離に、心臓が驚いて、脈拍《みゃくはく》が一気に限界まで跳ね上がる。

間近で日高が微笑《ほほえ》む。

「そうですか。だったらよかった。あ、ほら。真守先生、あそこ」

指で指し示されて、真守は背後を振り返った。

窓から一つ前のゴンドラが見える。向こうの窓から智樹とユータがこちらを見下ろしていた。

智樹が笑顔《えがお》で手を振っている。ユータは――…無理やり振らされているようだ。

「楽しそうですね、二人とも」

内心ほっとしながら手を振り返して、真守は苦笑する。子どもたちのおかげで少し落ち着きが戻ってきた。前のゴンドラから会話まで伝わってきそうな雰囲気《ふんいき》が見て取れておかしい。

「実は観覧車に乗るのは初めてなんですよ。俺も智樹も」

「そうなんですか？」

意外に思うと、日高が微《かす》かに笑って頷《うなず》く。

「デート、とかでは？」

「そういえば遊園地デートなんてしたことがないな。今日が初めてですね」

「………」

その言い方では、まるで今がデートみたいではないか。

何でもない会話なのに、勝手に都合のいいように変換《へんかん》してしまう自分の脳が恨《うら》めしい。

「真守先生は？」

「俺は……俺も、遊園地は久しぶりです」

「デートで来られたことがあるんですか？」

同じ質問を返されて、真守は苦笑して首を振った。

「家族以外だと、どれも学生の頃《ころ》に野郎《やろう》ばっかりで。ムナシイなあって言いながら、彼女いないヤツ同士でつるんで遊んでました。社会人になってからは今日が初めてです」

「そうですか」

日高が唇《くちびる》を僅《わず》かに引き上げた。

ゴンドラはちょうど四分の一を廻《まわ》ったところだ。これから天辺に向けて更に上昇《じょうしょう》して行く。遠くに見えるアトラクションの先から、空が緋《ひ》とオレンジを混ぜた温かい色に変色していた。

「智樹が――」

心地《ここち》よい沈黙《ちんもく》の中、夕空を眺《なが》めながら日高が静かに言葉を紡《つむ》いだ。

「あいつが、最近とても楽しそうで……今日も、連れて来てやれてよかったです」

「楽しんでましたね」

「俺も毎日楽しいですよ」

景色から真守に向き直って、日高が柔和《にゅうわ》に微笑む。耳の近くで鳴り響《ひび》く鼓動《こどう》がうるさい。

「今月の二十三日、真守先生の予定はあいてますか？」

「え、二十三日ですか？」

唐突《とうとつ》な問い掛《か》けに、真守は急いで記憶を手繰《たぐ》る。保育園関連の用事はなかったはずだ。

待てよ、十月二十三日――？

脳裏《のうり》に閃《ひらめ》きが生じ、すぐに答えを弾《はじ》き出した。

「二十三日って、確か智樹くんの誕生日じゃ……」

「覚えていてくれたんですか」

真守の言葉に、日高が驚《おどろ》いたような声を上げる。そして次の瞬間、くしゃりと何とも嬉《うれ》しげに破顔してみせた。

あ……こんな笑顔は、初めてかも――。

今日の日高は初めて見る表情ばかりで、真守にとってはいろんな意味でひどく心臓に悪い。

「お、覚えてますよ。あのクラスは十月生まれに女の子が集中していて、男の子は智樹くん一人だったんですよ。お誕生日会は女の子に囲まれて、ちょっと恥《は》ずかしそうだったな」

「そうですか。あいつはそういう話は俺にはしなかったから」

「お父さんに話すには恥ずかしかったんじゃないかな。人気者だったんで、お誕生日会の最後に十月生まれの子全員で写真を撮《と》るんですけど、智樹くんの両隣《りょうどなり》を女の子たちが取り合って大変だったっていう、当時の話は園では有名ですよ」

話して聞かせると、日高は意外そうな顔をしてみせる。

「モテモテなのは、お父さん譲《ゆず》りですね」

「え？」

「え？――ああっ、すみません、深い意味はないんです。ただ、日高さんもモテそうだなって思っただけで」

つい口《くち》を滑《すべ》らせてしまって、焦《あせ》る。一瞬《いっしゅん》、今日一日ですれ違《ちが》った女性たちの日高への反応を走馬灯《そうまとう》のように思い浮《う》かべてしまった。皮肉めいて聞こえなかっただろうか。

けれども日高は、不思議そうに首を捻《ひね》ってみせるだけだった。

「そうですか？　そんなことはないですけどね。真守先生こそ……」

「え？」

「いえ。それでお願いなんですが、智樹の誕生日を、一緒《いっしょ》に祝ってやってもらえませんか」

「それは、もちろん。うちの調理師に作り方を教えてもらって、ケーキも作りますよ」

「ケーキですか、楽しみですね。ありがとうございます。よかった」

ほっと、安堵《あんど》の混じった微笑みを向けられて、どうしようもなく胸が高鳴った。何気ないふうを装って、視線を窓の外に流す。

僅かな沈黙が落ちた。

眼下に広がるパノラマが、やさしいオレンジの海に沈《しず》んでいる。薄暗《うすぐら》くなったゴンドラの中にも夕陽《ゆうひ》が差し込む。まもなく天辺《てっぺん》だ。

また不意に、日高が独り言のように呟《つぶや》いた。

「真守先生に会ってから、俺たちの生活はちょっとずつ変わってきています」

窓の外の景色に投げていた視線を、真守は急いで日高に向けた。

「智樹は——子どもらしいワガママどころか、あれが欲しいとかどこかに行きたいとか、あいつは一切《いっさい》言わないんですよ。それが父親としてはさみしいところではあったんですけどね」

でも、と同じように窓の外を眺めていた日高がゆっくりと振《ふ》り向く。

「初めて、遊園地に行きたいとあいつの方から言い出したんです」

「そうだったんですか。だったら、今日は父子水入らずの方がよかったのかもしれませんね」

「そうでもないですよ。智樹はユータくんを誘《さそ》いたかったようですし、俺は俺で真守先生を誘うつもりでしたから」

「え？」

真守は思わず瞬《またた》いた。微笑む日高が続ける。

「俺が言わなくても、智樹も同じ事を言ったと思いますよ。いつの間にか、俺たちの中には真守先生がいて――それが、俺たち二人には当たり前になっているんです。『明日は来てくれるかな、次の日曜はどうだろう』って、合い言葉のように二人して先生の都合を気にしている」

「……すみません」

「どうして謝るんですか」日高が苦笑《くしょう》する。「お礼を言おうと思っていたのに」

日高が持ち出した『お礼』という言葉に、真守は面食《めんく》らった。ありがとうと続けられて、わっと耳まで熱がこもる。俯《うつむ》いた視線が靴《くつ》先から上げられなくなった。

「あなたが、俺たち親子と一緒にいてくれることが、嬉しくて仕方ない」

膝《ひざ》の上に置いていた真守の手に、被《かぶ》せるようにして日高が大きな手を重ねてきた。

びくっと大仰《おおぎょう》なぐらい全身が震《ふる》え、自分でもおかしいほど肩《かた》が跳《は》ね上がる。

ふっと、オレンジの光が途切《とぎ》れた。

はっと顔を上げて、吐息《といき》がかかりそうな距離《きょり》に日高の真摯《しんし》な顔を見る。

——呼吸を、止める。

「——……」

唇に重なる熱。

ゴンドラがゆっくりと動き、日高に遮《さえぎ》られた夕陽がまた、オレンジの欠片《かけら》を狭《せま》い箱の中にちりばめ始める。

「……悪い」

「…………」

動揺《どうよう》を隠《かく》しきれない様子で、触《ふ》れるだけの唇はすぐに去って行く。それを陶然《とうぜん》と見つめながら、真守は一呼吸遅《おく》れて小さく首を横に振った。

甘ったるい沈黙に窒息《ちっそく》しそうになりながら、俯く。

——ワルイ
日高の言葉《ことば》遣《づか》いがまた、乱れている。

それがなぜか無性《むしょう》に嬉しかった。

ゆっくりと、ゴンドラが地上に向けて下降し始める。

車内からぼんやりと紺色《こんいろ》の夜空を眺めていると、運転席のドアが開いた。

「お待たせしました」

スマートに乗り込んでドアを閉める。一日遊びまわって、今ユータを家まで送り届けたところだ。出て行った時は三人だったのに、戻《もど》って来たのが日高一人で、真守は首を傾《かし》げた。

「智樹くんは？」

「ああ、それが」

日高が少し困った顔をする。

「突然《とつぜん》、今晩はユータくんの家に泊《と》まるって言い出したんですよ。明日は学校が休みだからいいだろうってユータくんまで」

「そういえば、小学校は昨日音楽会だったんでしたっけ。土曜日に出た分、明日が代休か」

「休みなのは小学校だけですからね。普通《ふつう》は学校や仕事だ。ユータくんちもお父さんやお兄さんは出かけるし、忙《いそが》しいんだから迷惑《めいわく》だって言ったんですが、それが、俺の知らないうちに向こうの親御《おやご》さんにも話が通っていてびっくりしました。どうも最初から俺に内緒《ないしょ》で計画していたらしくて、あいつの背負っていたリュックにはちゃっかりと着替《きが》えが詰《つ》まっているし……」

そこまで準備されていたら連れて帰るわけにもいかなくて。と日高が半ば呆《あき》れたように溜《た》め息をつく。智樹がいないわけを聞いて、思わず真守は小さく吹《ふ》き出してしまった。

「なんだ。だからさっき智樹くん、俺に『じゃあね』って言ったんだ」

あらかじめ父親に言えば反対されるとでも思ったのだろうか。確かにここまで用意周到《よういしゅうとう》に手回しされたら、さすがの日高も先方の手前、無理やり息子《むすこ》を連れ帰るわけにはいかないだろう。

智樹のことだ、泣きまねくらいしてみせるかもしれない。

まだそれが通用する歳だし、そしてたぶん、智樹に泣かれたら日高はあっさり折れるに違いなかった。智樹もきっとそれを知っている。

いろいろと考えているな——。

こんな智樹のワガママも、日高家では初めての出来事なのだろうか。困ったような顔をしてみせながら、実は案外、日高も内心では喜んでいるのかもしれない。

——真守先生に会ってから、俺たちの生活はちょっとずつ変わってきています
これもその変化のうちの一つなら、自分は結構彼らに影響《えいきょう》を与《あた》えているのではないか。

思って一人悦《えつ》に入っていると、隣《となり》で運転をしている日高がふと呟いた。

「子どもたちがいなくなって、急に静かになりましたね」

途端《とたん》、真守の心臓は本人でもぎょっとするほど唐突《とうとつ》な跳ね上がりをみせた。

意識的に頭の隅《すみ》に追いやっていたものが、日高の言葉で一瞬にして鮮《あざ》やかに蘇《よみがえ》ってくる。

なんとか深呼吸で、動揺しきっている自分を無理やり抑《おさ》え込んだ。

「そう、ですね」

急に喉《のど》が渇《かわ》いてきて声が掠《かす》れる。

智樹がいないということは——日高と二人きり、ということだ。

昂《たか》ぶる鼓動《こどう》が、すぐ隣の彼に聞こえてしまわないかと心配になる。目線はフロントガラスに縫《ぬ》いとめられたかのようで、でもガラスに反射する虚像《きょぞう》にすら目を向けられない。じっと真っ

直《す》ぐ、夜道を睨《にら》みつけているうちに、紺色の中にふっと眩《まぶ》しいオレンジの風景が見えた気がした。まだ真新しい記憶《きおく》がまざまざと蘇る。狭い車内と観覧車のゴンドラがぶれて、重なる。

あれは、一体どういうつもりだったのだろう。俺は、どう取ったらいいのだろうか——。

キス一つで、それも触れる程度のもので大騒《おおさわ》ぎする年頃《としごろ》でもないし、かといって日高が何も言ってこない限り、わざわざ自分から問いただすのは躊躇《ためら》われた。

後が恐《こわ》いから下手《へた》な期待はするなと必死に自分に言い聞かせる。だけどその反面で、期待してもいいのではないかと思ってしまうもう一人の自分がいる。

日高の性格は真守も少しはわかっているつもりだ。これで単なる気紛れだと言われてしまったら、さすがに人間不信になってしまうかもしれない。

——あの後、結局無言のまま観覧車が地上に到着《とうちゃく》すると、先に降りた智樹とユータが二人を待っていた。

四人になると自然と意識は子どもに向く。子どもの存在を自分の都合でありがたがるなんて初めてのことだった。

今日はこのまま、途中《とちゆう》までは四人、別れる最後まで智樹と三人なのだと思って、これ以上考えないようにしていたのに——最後の最後で、頼《たの》みの綱《つな》の智樹がいなくなってしまった。

子どもの会話がBGMになっていたから、彼らがいなくなった車内は奇妙《きみよう》にしんと静まり返っている。

気まずい——。

　まもなくして同じような住宅地が続く中、見覚えのある景色が見え始めて、真守は心底ほっとした。ユータの家と真守の住むマンションは意外と近くだったようだ。まだ明るい角の花屋を曲がれば、あとは直進。車なら一分もかからない。

「――え？」

　車は花屋の先を曲がらなかった。そのまま真っ直ぐ通り過ぎる。

「あの、日高さん。俺の家、向こうなんですけど」

　夜道だから、左折するタイミングを間違《まちが》えたのだろうか。

　狼狽《うろた》える真守は、どんどん遠ざかっていく目印の花屋を慌《あわ》てて指差す。けれど日高は苦笑するだけだ。

「知っていますよ。朝も来ましたから」

「だったら、何で……」

「今思い出したんですけど、真守先生、昨日うちに忘れ物をしませんでしたか？」

「忘れ物？」

　真守は思わず押し黙《だま》る。

　忘れ物？　何か忘れて帰ってしまったのだろうか――。

　昨日は土曜日だ。保育園は通常保育だから、終業後、真守は直接日高のマンションに向かった。一方、智樹と日高は週休二日制なので、昼間に二人が買い物に行き、真守が合流してから三人で夕食を作って食べるのが土曜日の基本パターンだ。昨日はたまたま智樹が小学校の音楽会で、日高も観に行ったらしく、その帰りに二人で買い物をして来たと聞いた。

いつもと違《ちが》っていたのは、今日のためにてるてるぼうずを作ったことか。その時に、そういえば鞄《かばん》から持ち合わせていたマジックやハサミを取り出した。

「すみません。俺、何か忘れてましたか」

だけど何を忘れて来たのかはわからない。帰って鞄の中から取り出したのは、洗濯《せんたく》するために園で着用していたエプロンくらいだ。あとは財布《さいふ》と携帯《けいたい》と。どうせマジック一本程度の忘れ物だろうと想像していた真守は、けれど日高の次の言葉に絶句する。

「ハンカチ――」

さあっと血の気が引いた。

「――が、先生が帰った後に、テーブルの下に落ちているのを見つけて」

「………」

心臓が迫《せ》り上がってきたかのように鼓動が大きく鳴り響《ひび》く。眩暈《めまい》を引き起こしそうなほど動揺《どうよう》する心音に混じって、鼓膜《こまく》に意地の悪い同僚《どうりょう》の声が蘇る。

――誰《だれ》からのプレゼント？……藍地《あいじ》に和柄《わがら》なんて、らしくないだろうか。

どう、言い訳をしたらいい――？

返しそびれていて――だけど、もう再会して一ヵ月近くが経《た》っている。今更《いまさら》だと怪《あや》しまれないだろうか。

クローゼットの整理をしていて偶然《ぐうぜん》見つけた――のは、借りたのをすっかり忘れていたようで、感じが悪いと思われそうだ。

でも、この半年ほぼ毎日持ち歩いていたなどという、話せば一気に引かれてしまうような事実を知られるよりは、ずっとマシかもしれない。

調理室で目聡《めざと》い新南に見つかったあの時に、どこか別の場所に移動させておけばよかった——後悔《こうかい》しても後の祭りだ。ポケットのスナップボタンをきちんと留めていたのかどうか、まったく思い出せない。何かの拍子《ひょうし》にまた、外れてしまっていた可能性は充分《じゅうぶん》に考えられる。

「あ…あの、そのハンカチって、どんなハンカチでした？」

こくりと喉が鳴った。

前を向いたまま、日高が小さく唸《うな》って答える。

「どんな……そうですねえ、口では説明しにくいですね」

「説明…しにくい……」

そこにどんな意味が含《ふく》まれているのか、裏を探《さぐ》るのも恐い。

「色、とか…は？」

しつこく訊《たず》ねる真守は、だけど一体それを確認《かくにん》したところでどうするつもりなのか、自分でもよくわからなかった。頭の中では藍地の和柄がぐるぐると渦《うず》を描《えが》くようにまわっている。

ステアリングを切りながら、日高がちらとこちらを横目に窺《うかが》った。

途端、動悸《どうき》が一気に烈《はげ》しくなる。半開きの唇《くちびる》の隙間《すきま》から喘《あえ》ぐような呼気が漏《も》れた。

凝視《ぎょうし》する先で、端整《たんせい》な日高の横顔がにっこりと微笑《ほほえ》む。

「どうせなら、ご自分で確認して下さい。ほら、もう着きましたから」

ここ最近ですっかり通い慣れたマンションが、すぐ目の前に迫っていた。


「——……なんだ」

ほっと心の底から安堵《あんど》して、真守は詰《つ》めていた息を一気に吐《は》き出した。緊張《きんちょう》しきっていた頰《ほお》の筋肉がようやく弛《ゆる》む。

テーブルの上に綺麗《きれい》に畳《たた》んで置いてあったのは、カラフルなハンカチだった。

食べ物や動物、乗り物。小指の先ほどの大きさのワッペンが無秩序《むちつじょ》にぺたぺたと貼《は》り付いていて、もともとの地は多彩《たさい》な幾何学《きかがく》模様。目が痛くなりそうだ。

行事に使って余ったワッペンを、勿体《もったい》なかったので手持ちのハンカチに貼り付けたものだったけれど、これが子どもたちには人気がある。だけど、日高にはどう説明していいのか困惑《こんわく》する代物《しろもの》だったようだ。車内では意味深な言葉の裏で笑いを堪《こら》えていたのかもしれない。

「すみません、洗濯にアイロンまでしていただいたみたいで」

「ハンカチくらいならアイロンもできるんですよ。シャツなんかは未《いま》だ練習中ですけどね」

キッチンから日高が肩越《かたご》しに振《ふ》り返って笑った。

「……忘れたのがこっちでよかった」

独り言《ご》ちて、真守はもう一度大きく息を吐き出す。

本当に、よかった――。

たった十数分で、寿命《じゅみょう》が何年か確実に縮まった。

すっかり存在を忘れていたカラフルなハンカチが天の助けに見える。ということは、藍色《あいいろ》の日高のハンカチは、今も真守の鞄のポケットに入ったままということだ。

覚悟《かくご》して用意した言い訳がふっと霧散《むさん》した。晴れ晴れとした気持ちに笑いが込み上げる。

「そのハンカチは、そんなに大切なものだったんですか」

白い湯気を噴《ふ》き出したケトルの火を止めながら、日高が声を投げてきた。

「車の中では顔色が悪いような気がして心配していたんですが、今は笑っているから」

「……ああ、えっと、はい。子どもたちに好評なんですよ。失くしてたら怒《おこ》られてたかも」

「へえ、そうなんですか。確かに、子どもが興味を持ちそうな物がいろいろ付いてますしね」

マグカップを二つ取り出したところで、日高がきょろきょろと辺りを見回す。

ハンカチというキーワードに、日高が特に引っかかった様子がなくて、真守は二重に安堵した。すっかり緊張が解けて、いつもの調子でキッチンに向かう。

「コーヒーですか？　それともお茶っ葉？」

「コーヒーを探してるんですが、今朝はここにあったような気がしたんですけど……」

「わっ、あぶない」

普段《ふだん》の置き場所を探っていた日高の肘《ひじ》が急須《きゅうす》に当たった。押しやられた急須が置き台の縁《ふち》から落ちかけたのを、寸前で真守の手が受け止める。

「あっ、すいません」

「いえ、大丈夫《だいじょうぶ》です。落ちなくてよかった……あ。コーヒー、あれじゃないですか？」

反対側に据《す》えてあるワゴンにそれらしき缶《かん》を見つけて、指差そうとしたその時だった。

ふと上げた顔の先、すぐそこに日高の顔があってひどく驚《おどろ》く。

視界いっぱいに日高が広がるほどの距離《きより》で視線が絡《から》んだ瞬間《しゅんかん》、続けるつもりでいた言葉がすべて吹《ふ》き飛んだ。

瞬《まばた》きを忘れる。乾《かわ》くほど目を見開いたまま、息を呑《の》む。

目の端《はし》に男の唇が映り込んで、その途端《とたん》、心臓が底から突《つ》き上げられたかのように盛大に跳《は》ね上がった。信じられないほどの爆音《ばくおん》が全身に響き渡《わた》る。

いつもの場所に今は智樹がいない。

よく知っている場所が、まるで初めて来たかのような錯覚《さっかく》を覚える。

日高と、二人きり——。

一度意識してしまうと、もう駄目《だめ》だった。

それこそ先程《さきほど》のような更《さら》に衝撃《しょうげき》的な話を振られて意識が逸《そ》れない限り、勝手に暴走する思考を自らコントロールするのは不可能に近い。

フラッシュバックのように、数時間前の記憶《きおく》が脳裏《のうり》を瞬《また》いて過《よ》ぎる。

「……あ、あの、急に、今、用事を、思い、出して」

渇《かわ》いた喉《のど》が張り付いて、半ば無意識に押し出した声が途切《とぎ》れ途切れになった。

「帰り、ます」

すみません、とほとんど吐息《といき》で謝って、真守は一歩後退《あとずさ》る。反射的に踵《きびす》を返す。

「待ってください」

けれどすぐさま強い力に二の腕《うで》を摑《つか》まれて、引き留められた。

上着の上からでも体温は伝わってきて、日高の温《ぬく》もりに切ないくらいに胸が高鳴る。とても
じゃないけど振り返れなかった。リビングを睨《にら》むように見ながら早口に告げる。

「ここからすぐですし、歩いて帰れますから」

やんわりと腕を取り戻《もど》そうとするが、そんなことはさせないとばかりに逆に引き寄せられた。

予想外の力強さに焦《あせ》る。ぐっと腕を引かれた途端、重心が僅《わず》かにずれて軽く仰《の》け反った。

傾《かたむ》いた背中が厚い胸板《むないた》に受け止められる。

――背後から抱《だ》き締《し》められた瞬間、心臓が止まるかと思った。

「帰らないでくれませんか」

「――――！」

耳朶《じだ》に、低く甘い声が触《ふ》れた。

「智樹がいません」

「……ゆ、ユータくんちに、お泊《と》まりですから」

乾いた唇でどうにか言葉を紡《つむ》ぐと、耳元で艶《なま》めいた吐息が苦笑《くしよう》する。

「どこか、変な感じですね。いつも二人だったので」

「……智樹くんがいなくて、さみしいんですか？　たった一晩じゃないですか」

笑おうとして、笑い方がわからなくなって困った。顔が引き攣《つ》るだけで、上手《うま》く冗談《じょうだん》にもできない。銅鑼《どら》を高速で連打しているような心音。こめかみが熱く脈打ち、呼吸も忘れて眩暈《めまい》に襲《おそ》われる。

焦りと混乱で飽和《ほうわ》状態の真守に、日高が耳元に唇を寄せて甘えるように囁《ささや》いてくる。

「さみしいです。だから――」

絡みつく長い腕が更に真守を抱き寄せた。

「――真守先生も、うちにお泊まりしませんか？」

びくん、と肩《かた》が揺《ゆ》れた。

耳朶から肌《はだ》を滑《すべ》るように唇が移動し、頬に口づけられたことに驚いて、思わず顔を引く。

一瞬視線が交錯《こうさく》し、唇が塞《ふさ》がれたのは次の瞬間だった。

「……んっ」

弾力《だんりょく》のある肉厚の唇が真守のそれを優《やさ》しく啄《つい》ばみ、吸い上げ、同時に舌で輪郭《りんかく》をなぞるようにして舐《な》められる。ゆったりと、ねっとりとした卑猥《ひわい》な動きに、脳髄《のうずい》がじりじりと焦《こ》げ付くように痺《しび》れてゆく。

「……ん……ふっ」

この感覚をなぜか真守は知っている。

この唇と舌の動きにはひどく覚えがあった。

夢じゃ、なかったのか――？

ただの勘違《かんちが》いかもしれない。だけど、もうどうでもよかった。そう思い込んでしまえば、日高も今だけの気紛《きまぐ》れではなく、自分のことを少なからず想《おも》ってくれていたのだと錯覚できる。

熱された胸の奥底で、我慢《がまん》して凝《こご》っていた何かがどろりと溶《と》け出したような気がした。

「…は…ンんっ」

唇《くちびる》の合わせ目を舌先で優しく何度もなぞられて、思わず弛《ゆる》めたその隙間《すきま》から、すかさず熱い舌が抉《こ》じ開けるようにして口内に入ってきた。先程までの戯《たわむ》れのような動きが、一転して烈《はげ》しいものに変わる。舌を舌で搦《から》め捕《と》られて、きつく吸い上げられた。

じんと甘い痺れに全身が切なげに震《ふる》える。胸元《むなもと》から脇腹《わきばら》にかけて巻きつくように添《そ》えてある日高の腕に、自分の手をそっと触れさせた。手首から順に、硬《かた》く引き締まった男の筋肉の感触《かんしょく》を確かめるようにして、指先を下から上へゆっくりと這《は》わせる。

口内をまさぐる動きが、更に加速する。

男の巧《たく》みな舌遣《づか》いに、いつしか真守も夢中になっていた。卑猥に響《ひび》く濡《ぬ》れた音に煽《あお》られるかのように、自ら舌を絡ませて擦《こす》り合わせる。

首を反らした無理な体勢での口づけは、逆に興奮が増して、どんどん大胆《だいたん》になっていく。

同性とのキスなんて、飲み会の罰《ばつ》ゲームぐらいだ。それも嫌々《いやいや》触れる程度の。こんな烈しいキスはもちろん経験ない。

だけど、今までで一番興奮した。

相手が日高だからだろう。今日一日で二人の間に起きた出来事が次々と脳裏に蘇《よみがえ》り、その一つ一つに意味を見出《みいだ》していく。もう真守自身、自分の想いをごまかすつもりもなかった。今まで現状を壊《こわ》したくなくて、形にしては駄目だと我慢していたものが一気に溢《あふ》れ出してくる。

同じ気持ちでいてくれたんだと、期待していいんだよな――？

引き出された舌を甘噛《あまが》みされて、背筋がぞくぞくっと愉悦《ゆえつ》に戦慄《わなな》いた。

「ふっ……はあ、…ぁ、ん」

外気に晒《さら》される感触が嫌《いや》で、そのまま押し込むように日高の中に舌を捩《ね》じ入れる。歓迎《かんげい》とばかりに迎《むか》え入れられるとすぐに舌と舌を絡め合った。腰《こし》を引き寄せられて、捩れた体勢が少し楽になる。その分、口づけを深めた。

しっかりとした肩にすがりつくように這わせていた手を逞《たくま》しい首にまわす。真守の腰を支えていた大きな手のひらが、下ろしたてのカットソーの裾《すそ》を掻《か》い潜《くぐ》って素肌《すはだ》に触れた。やらしい手つきで背中の溝《みぞ》を撫《な》で上げられて、甘ったるい声が鼻から抜《ぬ》ける。

その途端、舌を押し返されて、日高の舌ともども真守の口内に移動させられた。内側からねっとりと、とろけさせるようなキスに、くらくらと眩暈がする。

不意に、日高の方から長く濃《こ》い口づけを解いた。

「……んっ、…ぁ」

淫靡《いんび》な銀糸が潤《うる》んだ視界の端に映り込む。物足りなさに零《こぼ》れる切ない吐息。ねだるように間近に見上げると、日高が苦笑する。濡れた唇がひどく卑猥だ。

「……向こうに」

　ちゅっと軽く真守の唇を吸って、日高がリビングへと目線で促《うなが》す。低く艶めいた囁きに、躊《ため》躇《ら》うどころか先を期待して身体《からだ》が疼《うず》いた。

　こうなることを、真守はずっと前から密《ひそ》かに望んでいたのかもしれない。

　出会った当初は父親として男として、ただ尊敬と憧《あこが》れの対象だったはずなのに――。

　啄ばむようなキスを繰《く》り返しながら、縺《もつ》れるようにしてキッチンからリビングに出る。

　けれどダイニングテーブルを過ぎて、その先の寝室《しんしつ》に日高の足が向いていることを知った途端、真守は半ば無自覚に立ち止まっていた。

「真守先生？」

　日高が不審《ふしん》げに顔を覗《のぞ》き込んでくる。

　熱っぽい眼差《まなざ》しに我知らず息が弾《はず》む。その一方で、真守は思わず彼を引き留めてしまった理由に気づいて戸惑《とまど》う。

　向こうへは行きたくなかった。わりと無頓着《むとんちゃく》な性格の日高には特に意味はないのかもしれないが、あそこには一人用には大きすぎるサイズのベッドがある。

　一緒《いっしょ》は、嫌だ――。

　だけどそんな我が儘《まま》は、あまりにも子ども染《じ》みていて、女々《めめ》しすぎて、とても口にはできなかった。何より過去に嫉妬《しっと》している自分が嫌だ。

「……すみません」

静かな日高の声にはっとする。すぐ目の前にどこか困ったような複雑な笑《え》みがあった。こんなところで立ち止まってしまった真守の態度を、拒《こば》まれたと取ったのかもしれない。

「ち、ちが」

まだ熱の冷めない潤んだ瞳《ひとみ》で、真守は日高を見つめた。

「ぁ…ここ、で」

「ここ?」

日高がちらと横目に木目調のテーブルを見やり、軽く目を瞠《みは》る。

「……意外だな」

「だめ、ですか」

あのベッドよりは、フローリングの床《ゆか》の方がマシだ。リビングにはソファもある。

寝室にだけは行きたくないと、醜《みにく》い心の内を悟《さと》られないように、慣れないながらも自ら手を伸《の》ばす。誘《さそ》うように首にまわした。女性に誘われることはあっても、同性を誘うなんて生まれて初めての体験だ。逆の立場になるだけで、自分のあまりの拙《つたな》さとぎこちなさに、すぐさま猛《もう》烈《れつ》な羞恥心《しゅうちしん》が込み上げてくる。

日高が僅かに目元を細めた。

「まさか。先生の意外な一面を知って驚《おどろ》いていたところです」

「意外な、一面?」

「昼間は明るくて優しい保育園の先生が、夜はこんなふうに大胆で積極的になるのかと」

意図的にひそめた声音《こわね》に、かあっと顔が熱くなった。咄嗟《とっさ》に目を伏《ふ》せる。

「……日高さんの、好みじゃなかったですか」

思わず首にまわしていた手を外そうとして、けれど日高がそれを阻《はば》んだ。手首を取り再び己《おのれ》の太い首に巻きつかせて、自分は真守の腰に両手をまわす。

「いや、こういうギャップは好きですよ。――かわいくて、いやらしい」

「…ぁ、ん…っ」

深く唇が重なり合った。

「……は…あっ」

お互《たが》い貪《むさぼ》り合いながら、ゆっくりと押し倒《たお》される。

ところが真守が仰向《あおむ》けになっていたのは床ではなく食卓《しょくたく》の上だ。戸惑いを覚えて、真守が制止をかけようとすると、咬《か》みつくような烈しいキスで遮《さえぎ》られた。

真守の胸元をまさぐっていた日高の手が下肢《かし》にかかる。チノパンの上から兆《きざ》し始めている股《こ》間《かん》をやんわりと握《にぎ》られて、声が上がる。

「あっ」

「でも一つ、気になっていることがあるんですよ。観覧車でのキスといい、今のこの状況《じょうきょう》といい、あなたはあまり抵抗《ていこう》がないように思える。……昼間のこともあるし、今までも男に誘われることはあったでしょう？　もしかして、男は初めてではないんじゃないですか？」

「………、っあ、やあっ」

すぐに言葉が出てこなくて返事が遅《おく》れると、先程《さきほど》よりも強く股間を握り込まれた。

「痛っ、ひ、日高さん」

「どうなんです？　初めてじゃないんですか」

「は…っ、じめて、です……」

驚いて慌《あわ》てて首を横に振《ふ》る。

「日高さん、こそ……ん、ぁっ」

逆にそっちこそどうなのだと、こなれた大人の男に問いかけた。だけど日高は微《かす》かに笑っただけで、今度は打って変わって優《やさ》しい手つきで真守のそこを揉《も》んでくる。布越《ご》しに与《あた》えられる刺激《しげき》のじれったさに、呼吸を荒《あら》げて身悶《みもだ》えた。

「初めてなんですね。本当ですか？」

「…ぁ、は…い…っあ」

「そうですか。それなら、うんと優しくしないと」

日高がどこか嬉《うれ》しそうに言う。前立てをくつろがされ、するりとチノパンを剥《は》ぎ取られた。

「ああ、もうこんなに濡れている」

不自然に張った下着を見下ろしながら、日高が唇を引き上げる。理由のわからない涙《なみだ》が目の端《はし》に溜《た》まり、真守は指摘《してき》された下肢を隠《かく》そうと腿《もも》を閉じた。それを日高の手がまた割り開く。

「濡《ぬ》れたままだと気持ち悪いでしょう」

「…っ」

べとついた下着を一気に引き下ろされた。首を擡《もた》げた劣情《れつじょう》が剝《む》き出しになる。冷えた外気が濡れた股間にまとわりつき、ひんやりとした感覚に余計に羞恥《しゅうち》が増す。

「震《ふる》えてる……寒いですか？」

違《ちが》うと涙目で首を振る。ふっと日高が僅《わず》かに目尻《めじり》を下げた。次の瞬間《しゅんかん》、顔を埋《うず》め先端《せんたん》にそっと口づける彼の姿に、かあっと全身の血液が沸騰《ふっとう》したかのように熱くなる。

「もっと、震え出した」

舌先で割れ目をつつかれる。

「あっ……やめ…っ」

舌の全体を使って溢れ出る蜜《みつ》を舐《な》め取ったかと思うと、そのまま日高はぱくりと劣情を咥《くわ》え込んだ。

「あっ、あ…くっ」

気が遠くなるような気持ちよさに、次第《しだい》に腰が勝手にうねり出す。

下肢で響《ひび》く、淫猥《いんわい》な水音。半ば無意識に踵《かかと》をテーブルの縁《ふち》にかけ、腰を浮《う》かせると、更《さら》に深く咥え込まれた。生温かい内側で肉厚の舌が絡《から》みつき、先端を喉奥《のどおく》で締《し》め付けられる。

「あっ、で、出る、…いっ、日高、さ…ぁ…ああっ」

一瞬《いっしゅん》の間に訪《おとず》れた強烈《きょうれつ》な解放感と脱力感《だつりょくかん》に、真守は四肢《しし》を投げ出して茫洋《ぼうよう》と天井《てんじょう》を仰《あお》いだ。

「気持ちよかったですか？」

「――なにやって…っ！」

重たい頭を動かし、視線を投げた先で、日高が口から真守の放った物を吐《は》き出してみせる。

「思っていたよりも濃《こ》いな……」

べっとりと手に付着した白濁《はくだく》を彼は嬉しげに眺《なが》めながら、もう片方の手で真守の臀部《でんぶ》をするりと撫《な》で上げた。

「真守先生の声、想像以上に腰《こし》にきますね」

卑猥《ひわい》に濡れた唇《くちびる》が、情欲にまみれた声で低く紡《つむ》ぐ。

「もっともっと、聞きたい。……あなたを気持ちよくさせたい」

「…あ」

ぬるりと後ろの窄《つぼ》まりに指が差し込まれた。たっぷりと塗《ぬ》りつけられた白濁が潤滑油《じゅんかつ》の役割を果たし、指は抵抗なく真守の中に入って来る。それでも異物感は拭《ぬぐ》えず、自分の内側を探《さぐ》るように蠢《うごめ》く存在を思わず締め付けてしまう。日高が笑う気配がした。

「そんなに締め付けると、動けないでしょう。もっと、力を抜《ぬ》いて」

「…っ、ぁ…ふっ」

言われても、思うように身体《からだ》が言う事を聞かない。狭《せま》い穴をゆるゆると、骨張った長い指が浅く深く、何度も抜き挿《さ》しを繰《く》り返す。

「あ…っ、あ…あンっ」

唐突《とうとつ》にびくん、と腰が跳《は》ね上がった。

「ここか」

日高が見つけたといわんばかりに、ある一点ばかりを擦《こす》り上げてくる。

「あ、あ、あ、あ」

そこを触《ふ》れられるたびに電流が走るように快感が湧《わ》き上がり、短い喘《あえ》ぎがひっきりなしに漏《も》れた。一度吐き出したはずの劣情がまた熱を孕《はら》んで勃《た》ち上がってくる。

「ああ、また震えてる。キスはあんなに積極的だったのに、ここを触《さわ》られるのは初めてなんですね。急に初々《ういうい》しくなった……堪《たま》らないな」

「ぅんっ、も、ひ、だかさ……も、やっ」

もうやめてくれと声にならない懇願《こんがん》をするや否《いな》や、再び日高に劣情を咥え込まれた。

「ああっ、は…っ、くっ、…や、あっ」

内側と外側から同時に攻《せ》め立てられて、真守は初めて経験する狂《くる》ってしまいそうなほどの快楽に危《あや》うく意識を手放しそうになる。

不意に、日高の頭が限界間近の劣情から離《はな》れた。後ろから指もずるりと引き抜かれる。

「……あ、なん、で」

茫然《ぼうぜん》となった。ここまできて、それはひどすぎる。

視界の端で、張《つ》り詰めた劣情が日高の唾液《だえき》と真守の体液でぬらぬらと光っていた。あと少しで上《のぼ》り詰めるその寸前で、放置されてしまった惨《みじ》めさに、真守はどうしていいかわからない。

「…っ……っ」

「こら。駄目《だめ》でしょう、先生」

無意識のうちに下肢に伸《の》ばしていた手を、寸前で日高に摑《つか》まれた。子どもを窘《たしな》めるような口調にぞくりとする。涙の膜《まく》越《ご》しに、男の端整《たんせい》な顔が嫣然《えんぜん》と微笑《ほほえ》む。

「自分でやってみせるのはまた今度です。今日は――」

真守の手首を取って内側に唇を寄せた日高が、上気した肌《はだ》に透《す》ける血管を舌先でつーっと、わざとゆっくりなぞってみせた。ぞくぞくっと痺《しび》れるように官能が刺激される。

触れられてもいないのに、いまにも劣情が弾《はじ》けてしまいそうになる。

「……ひだかさん」

とろりと甘えるような、舌足らずな声が、自分の口から漏れたものだと思っただけで泣きたくなった。

「そんな顔は子どもたちに習ったんですか？」

「…あ」

綻《ほころ》んだ後ろに熱い熱の塊《かたまり》があてがわれた。

それが日高の猛《たけ》ったものだと知って、全身がふるりと震え上がる。未知の恐怖《きょうふ》よりも期待に歓喜《かんき》している自分の浅ましさに、眩暈《めまい》がした。ぬるっと日高の先端が窪《くぼ》みの具合を確かめるように何度か擦りつけられ、次の瞬間、ぐっと一気に捩《ね》じ込まれる。

「ぅ、あ」

「…っ、でも、子どものおねだり顔と違《ちが》って、真守先生のは、そそられるのは庇護《ひご》欲だけじゃないですからね」

真守の中に、逞《たくま》しく張り出した日高の硬《かた》いものが埋め込まれていく。

「っぁ、っは…っ」

「…他《ほか》で、そんな顔…っ…見せたら、いけませんよ……っ」

「——…っっ」

何度か浅い抜き挿しの後、ぐん、と最奥《さいおう》を突《つ》き上げられた途端《とたん》、目の前に閃光《せんこう》が走った。

「初めてなのに……困った先生だ」

真守が噴《ふ》き上げた白濁を指で掬《すく》って、日高が少し困ったように笑う。それが、自分がとんでもない粗相《そそう》をしてしまったように思えて、かあっと真っ赤になる顔面を手の甲《こう》で隠した。

「……すみま、せん」

掠《かす》れた、ほとんど蚊《か》の鳴くような声で謝ると、顔を覆《おお》っていた両手首がそっと外される。

「どうして？」

赤面の両脇《りょうわき》でテーブルに優しく縫《ぬ》い留められた。頭上から見下ろされて涙越《なみだご》しに視線がねっとりと絡まる。心臓がまた忙《せわ》しく跳ねる。

「今だけは、かわいくて淫《みだ》らな先生を独《ひと》り占めできて、俺はとても嬉《うれ》しいのに」

ふっと眼差《まなざ》しを甘く眇《すが》めた日高が、つながったままの真守の腰を愛《いと》しげに引き寄せた。

3

「真守先生、これでいい？」

キャベツの山をじっくりと吟味《ぎんみ》して一玉選び、智樹が両手に抱《かか》えて戻《もど》って来る。

「うん、新鮮《しんせん》」

みずみずしい白と黄緑色に真守が合格点を出すと、智樹が得意げににっこりと笑った。つられて真守も笑って、ずっしりと重たいキャベツをカートに入れる。

日曜日の午後、真守たちは駅前の大型スーパーに買い物に来ていた。

大抵《たいてい》日曜・祝日は数日分の食材を買い込むために、前日に智樹と一緒《いっしょ》に作ったリストを持って出かけるのが習慣になっている。待ち合わせがスーパーになることもしばしばだ。

「タマネギも入れたし。よし、次はお肉コーナー」

「僕、ロールキャベツ作るの初めて」

「キャベツがあれば中身はハンバーグと一緒だから。簡単だし、覚えとくと便利だよ」

「そっか。またレパートリーが増えるなあ」

智樹が嬉しそうに言う。

この短期間で、まだ小学一年生の彼はめきめきと料理の腕《うで》を上げていた。それというのも、すべては仕事で疲《つか》れて帰って来る父親においしいものを食べてもらいたいという、健気《けなげ》さから始めたことだ。こんな父親思いの息子《むすこ》がいる日高は、世のお父さんたちからしてみれば羨《うらや》ましい限りの幸せ者だろう。

ふと周囲を見渡《みわた》して、真守は眉《まゆ》を寄せた。その日高の姿が見当たらない。

「あれ？　智樹くん、お父さんは？　さっきまでそこにいたような気がするんだけど」

「あ、ホントだ。もお、どこに行ったんだろ」

お父さんは目を離すとすぐにフラフラいなくなるんだから。と智樹が唇《くちびる》を尖《とが》らせて捜《さが》しに行く。しっかり者の小さな背中を追いかけながら、真守は苦笑《くしょう》した。これではどっちが子どもなのかわからない。

——あれから、一週間が経《た》っていた。

これからどうなるのかと思うと動揺《どうよう》は隠《かく》せなかったが、実際はというと、拍子抜《ひょうしぬ》けするほど何も変わってはいない。

翌日、まだ気怠《けだる》さの残る身体で迷いながらも仕事帰りにマンションに向かうと、ユータの家から戻っていた智樹が約束通り笑顔《えがお》で迎《むか》えてくれた。真守の方が後ろめたさと罪悪感にいつもの調子が戻らず、何度か智樹に心配されてしまったくらいだ。そうこうしているうちに日高が帰宅して、けれど目が合っただけで狼狽《うろた》えてしまう真守に対して、彼はそんな自分が恥《は》ずかしいくらい普通《ふつう》だった。智樹がいるのだから当たり前のことだが、それにしても大人だと、妙《みょう》な感心まで覚える。逆に真守は十年くらい逆戻《ぎゃくもど》りしてしまったかのようなウブさだ。

年相応の経験はあるつもりだったけれど、同性相手の恋愛《れんあい》は日高が初めてだから、それだけでも緊張《きんちょう》する。今までとはいろいろ勝手が違うことを考えると、会話一つとってもひどく気を遣《つか》う。それは仕方のないことだから、真守も気をつけるべきだと散々自分に言い聞かせた。

ところが、智樹がいないところでもあまりにも変化のない日高に今度は不安が募《つの》ってゆく。

真守自身、そんなにべったりとした付き合いを好むタイプではない。だけど、少しくらいは甘い雰囲気《ふんいき》があってもいいのではないかと思うのだ。

あまりにも何もなかったような素振《そぶ》りをされると、こっちもどうしていいのかわからなくなる。確かめたくてもなかなかタイミングが摑めず、時間が経つにつれ今更《いまさら》のように話を切り出すのも躊躇《ためら》われた。

浮《う》かれているのは真守だけで、自分だけがその気になって調子に乗っているのではないか。

真守としてはもちろん男性相手に、それも恋情《れんじょう》なしで身体《からだ》を重ねるところまでするわけはないのだけれど、それが日高にも伝わっているのかどうかは疑問だった。

むこうは、慣れてたみたいだったし――。

真守の恋愛遍歴《れんあいへんれき》にはこだわったくせに、自分のこととなると学生時代に興味本位でと曖昧《あいまい》に流された。とはいえ、過去には結婚《けっこん》もしていたのだし、女性が駄目というわけではないのだろう。日高ほどの男なら性別問わずモテそうだ。それに今は父親ではあるが妻帯者ではない。

急に日高の周囲が気になり始めたのはその頃《ころ》からだ。

知っているようなつもりでいたけれど、実は日高の事を自分は何も知らないのではないか。

実際、真守が見てきたのは父親としての日高だ。男としての彼は初めて見たといってもいい。

彼が何を考えているのかわからない。真守のことをどう思っているのだろうかと考えて、不安になる。今まで、こんなふうに誰《だれ》かを想《おも》って胸が苦しくなるなんてことはなかったのに。

「——あれ、智樹くん？　どうした？」

陳列棚《ちんれつだな》を眺《なが》めながらカートを押して歩く真守の先で、父親を捜しに行ったはずの智樹がとぼとぼと戻って来るのが見えた。先程《さきほど》までの元気がない。

「お父さん、見つからない？」

足早に歩み寄ると、きゅっと薄《うす》い眉根《まゆね》を寄せた智樹がふるふると首を振《ふ》って返す。珍《めずら》しくぶすっとしたまま「向こう」と指を差した。突き当たりの乳製品のコーナーには見当たらないから、曲がって惣菜《そうざい》コーナーの辺りだろうか。

「ああ、お父さんいたんだ」

それにしてはご機嫌《きげん》ななめの智樹を不思議に思う。

なぜか足取りの重い智樹と一緒に広い通路を歩き、曲がって、その光景を見た途端、真守の足も一気に重くなった。智樹とともに思わず立ち止まる。

日高はすぐに見つかった。少し距離《きょり》はあるが、女性や家族連れの多い中で彼の長軀《ちょうく》は過ぎるほど目立つ。

そしてその横に、日高と並んでも見劣《みおと》りしないすらりとした長身の美女が立っていた。

女性の方も買い物中なのだろう、カートの中に品物がいくつか入っていたが、今は日高との会話に夢中のようだ。人通りから二人して脇《わき》に避《よ》けて楽しそうに笑っている。

「あの人、うちの近くのマンションに住んでる人なんだ」

不意に智樹がぼそっと呟《つぶや》いた。

「あ、知り合いなんだ」

「うん。朝とか、よく会う」

我知れず、ほっとする。けれど続く言葉に表情が強張《こわば》った。

「お父さんを見つけるとあの人、いつも寄って来て、ああやってお父さんと話してる。お父さん、必要以上にアイソがよすぎるから」

「……へえ、そうなんだ」

「たまに、うちにも来るんだよ。『オスソワケ』とか『オミヤゲ』とかって言って、果物やお菓子《かし》とか持って」

どきりとした。

あの部屋に出入りしている女性がいることに、驚《おどろ》くほどの不快感が込み上げる。話だけならまだしも、実際に目の前にその対象を突《つ》きつけられてちりちりと胸が燻《くすぶ》った。

一つ、真守にはこの一週間、ずっと頭の隅《すみ》に引っかかっていたことがある。

さくらおか保育園では年に数回、お泊《と》まり保育が行われることになっている。読んで字の如《ごと》く、その日子どもたちは親と一緒に家に帰らず、みんなで園に泊まるのだ。

智樹がまだ保育園児だった当時、彼もお泊まり保育に参加していた。その日は当然、先週のあの日のように家にいなかったはずなのだ。

日高は智樹のいない夜を、どう過ごしていたのだろう。

――智樹くんがいなくて、さみしいんですか？　たった一晩じゃないですか

――さみしいです。だから……真守先生も、うちにお泊まりしませんか？

ふっと鼓膜《こまく》にあの夜の二人の会話が蘇《よみがえ》って、ぎくりとした。

茫然《ぼうぜん》と見やった先に、日高と女性の楽しげな姿がある。

まさか、な――。

単なる邪推《じゃすい》にすぎない。そう思いながらも、一方で胸の燻りが増していくのがわかる。

「真守先生」

袖口《そでぐち》を引かれて、はっと現実に引き戻《もど》された。

「あ、ごめん。何か言った？」

慌《あわ》てて見下ろすと、智樹の心配そうな顔と目が合う。困って笑いかけると、いつものくるりと愛らしい目元が、その瞬間《しゅんかん》、僅《わず》かにきゅっと眦《まなじり》をつり上げた。

「僕、お父さん呼んでくるから、真守先生ここで待ってて」

「え？　あ、智樹くん」

呼び止める間もなく、智樹はいまだ楽しそうにおしゃべりを続けている二人のところに駆《か》け出して行く。

しばしのやりとりの後、怒《おこ》ったような顔をして智樹が日高を連れて戻って来た。

「すみません。知り合いに会ってしまって」

「いいえ。もういいんですか？」

「ああ、ご近所さんなので。この前の頂き物のお礼を言おうと思っただけですから」

行きましょうか、と日高が真守の手元からさりげなくカートを奪《うば》う。

「さ、次はどこだ？」

「お肉コーナーだよ」

まだどこか不機嫌さを残す物言いで、智樹が日高に伝える。息子のつんつんした態度に困ったように竦《すく》めてみせる広い肩《かた》を見つめて、真守はこっそり溜《た》め息をついた。

じりじりと、焦《こ》げ付くような胸の痛みが煩《わずら》わしい。

こんなの、初めてだ——。

いつもの調子が上手《うま》く取り戻せなくてイライラする。

内心で舌打ちし、真守は一つ深呼吸をすると、先を行く二人の後を追いかけた。

＋　＋　＋

十月も中旬に入り、朝夕の冷え込みが徐々《じょじょ》に厳しくなってきた。

保育園では先日、遠足を終えたところだ。真守の担当する四歳児クラスの『こあらぐみ』は年長クラスの『くまぐみ』と合同で植物園に行ってきた。子どもたちはメインホールの花で作られた動物のアートに一番興味を示したようで、後日描《か》かせた遠足の絵は、植物園なのに動物園に行ったかのようだった。今、『こあらぐみ』の保育室の壁《かべ》は、たくさんのカラフルな動物の絵でとても賑《にぎ》やかだ。

そんな話をしながら、いつものように夕食後、智樹と一緒《いっしょ》に食器を洗っている時だった。

「そうそう、今度の日曜日はどうしようか。智樹くんこの前、料理本見ながら何か作ってみたいって言ってなかったっけ」

洗剤《せんざい》を洗い流した皿を智樹に渡《わた》しながら思いついたまま言うと、受け取った小さな手がぴくりと驚いたように揺《ゆ》れた。つるんと手が滑《すべ》って危《あや》うく皿を取り落としそうになる。

「あっ」

「わっ、大丈夫《だいじょうぶ》」

ぎりぎりで皿の縁《ふち》を摑《つか》んだ智樹と顔を見合わせて、二人同時にほっと胸を撫《な》で下ろした。

「ごめん、渡し方が悪かったかな」

「ううん、そんなことない。僕の手が滑ったの……あのね、真守先生」

今度はしっかりと持って丁寧《ていねい》に布巾《ふきん》で拭《ふ》いていく智樹が、ちらと真守を見上げてくる。

「うん？　どうした？」

洗い物を続けながら訊《たず》ねると、言い難《にく》そうに告げられた。

「あのね、今度の日曜日、僕、遊ぶ約束しちゃって……」

「遊ぶ約束？　ああ、ユータくんと？」

すぐに彼の親友の顔を思い浮《う》かべる。智樹がこくこくと頷《うなず》いた。

「そっか。もしかして土曜日からお泊まり？」

「ううん、違《ちが》う。日曜日だけだから。だから土曜日は真守先生、ちゃんと来てね」

これには首を横に振って、どうしたのかいつになく真剣《しんけん》な顔で予定を再確認《かくにん》してくる。どこか不安げな表情に、思わず頭を撫でてやろうとして、手が濡《ぬ》れていることに気づいて諦《あきら》めた。

「わかった。土曜はお邪魔《じゃま》させてもらうから。お父さんと買い物よろしくな」

代わりに笑ってそう言うと、智樹はほっとしたような顔をしていつもの笑顔《えがお》に戻った。

ふと気になって、真守は何気ない口調を装って訊ねてみる。

「あー…えっと、日曜は……お父さんは、どうするのかな？」

基本的に土日は仕事が休みだからと、休日は日高も一緒にキッチンに立つようになっていた。

そして日曜は、次週分の食材をまとめ買いに出かける日でもある。

智樹が不在でもいつものように買い出しに出かけるつもりなら、真守は付き合ってもいい。

密《ひそ》かにどきどきしながらそんな下心満々なことを考えていたせいだろう。

「あっ、お父さんも日曜日は仕事があるんだって」

智樹の慌てたような声に、必要以上に落胆《らくたん》してしまった。同時にひどい恥《は》ずかしさが込み上げてくる。何を期待していたというのだ。

「そ、そっか。今忙《いそが》しい時期なのかな、お父さん」

「う、うん。そうみたい。だからね、お父さんと話して土曜日に買い物行こうってことになってね。真守先生、明日一緒に買い物リスト作ってくれる？」

ごめんね。淡《あわ》い眉《まゆ》を八の字にした智樹に謝られて、驚いた真守は急いでとんでもないと首を振《ふ》る。

何をやってるんだ、俺は——。

こんな小さな子に気を遣《つか》わせて。

「じゃあ、これが片付いたら冷蔵庫チェックしようか」

「すみません。せっかくの日曜日に、二人して用ができてしまって」

そこへ背後から申し訳なさそうな声が聞こえてきた。

いつから二人の会話を聞いていたのか、テーブルの上の片付けを済ませた日高が三人分の湯飲みと布巾を持って立っている。

レバーを上げ、一旦《いったん》温水を止めた。

「いいえ。こちらこそ、なんだか当たり前のように休みの日までお邪魔させてもらってたんで。日曜までお仕事なんですね」

「ああ——…どうしても、行かないといけなくなって」

「大変ですね」

日高がどうとも言えない表情を浮かべて、唇《くちびる》の端《はし》を僅かに引き上げてみせた。真守の脇《わき》から手を伸《の》ばし、持っていた湯飲みを「これもお願いします」とシンクに置きながら、一緒にぽつりと呟《つぶや》きも落としていく。

「本音は真守先生との予定を優先したいんですけどね」

「……」

「なあ、智樹」

「うん」

「智樹くんはユータくんと遊ぶんだろ？　嬉《うれ》しいけど、そんなこと言ったらユータくんがまた拗《す》ねちゃうぞ」

「あ、ユータ……そうだユータだ。もーお父さん、これ運んでっ」

智樹が拭き終わった皿を数枚重ねて日高に渡した。更《さら》に食器乾燥機《かんそうき》に入れるよう指示する。

それにはいはい、と日高が苦笑《くしょう》しつつ従う。

「……」

親子のやり取りを耳に流しながら、真守はシンクに増えた湯飲みを泡《あわ》のついたスポンジで擦《こす》り始めた。

きゅっきゅっとスポンジが擦れる音よりも、どきんどきんと自分の内側から聞こえてくる音の方が大きい。

日高の、本音。

まともに受け取る、受け取らないは別として、その響《ひび》きに胸が躍《おど》る。日高とのはっきりしない今の関係が、思った以上に真守の心を不安定にしていたらしい。

日高の一番は智樹だ。

それは揺るがない事実で、むしろそれでいいのだと思う。

でもその次に、もしも自分の名前を置いてくれたとしたら——嬉しいのに。

ふわふわもこもこ、スポンジの泡が手の中から溢《あふ》れて零《こぼ》れ落ちる。

気づけばもうどうしようもないほど、真守の中で日高への想《おも》いは膨《ふく》れ上がっていた。

✚　✚　✚

アイスティーを飲みながら、真守は満足げに傍《かたわ》らのショップバッグをぽんっと叩《たた》いた。

「どれにしようか迷ったけど、いいのが見つかってよかった」

日曜日の午後、もう夕方に近い時間帯だったが、繁華街《はんかがい》のお洒落《しゃれ》なカフェは若い女性客やカップルで込み合っている。

その中に男二人で入って行くのは、真守にとってそれほど抵抗《ていこう》はない。

向かいに座っている男も特に抵抗は示さなかった。連れは同じさくらおか保育園で働く同期保育士の皓介だ。

思いがけず突然《とつぜん》、今日の予定が白紙になってしまったのは先週木曜のこと。ちょうどいいのでこの日、真守は数日後に迫《せま》った智樹の誕生日プレゼントを買いに出かけることにしたのである。一人じゃなんだから、昨日たまたま夜に電話をかけてきたこの同僚《どうりょう》を連れ出した。

「——それにしても、お前の親戚《しんせき》の子？　エプロンが誕生日プレゼントって、一体どんな小学一年生だよ」

同じくアイスティーをストローから一口含《ふく》み、皓介がぼやいた。

張りのある黒い短髪《たんぱつ》と同じ色のセルフレーム。身につける者を選ぶデザインの眼鏡《めがね》の奥で、理知的な一重《ひとえ》の目元が怪訝《けげん》そうに細められる。

「かわいい子。いいんだよ、あの子はお料理が好きなんだよ。新しいエプロンが欲しいって前に一緒に話してたんだから。オモチャとか服よりこっちの方が喜ばれる。それにこれだったら俺の専門だしな」

「だったら、お前一人で来いよ。わざわざ俺を付き合わせなくても」

「まあまあ、冷たいこと言うなよ。どうせ暇《ひま》だったんだし。俺の趣味《しゅみ》がもしかして間違《まちが》ってたらどうすんだよ。一緒に選んでくれる人がいたら安心だろ？」

「それならそれで、相手がどんな子なのか、もっと具体的に教えろ。天使みたいにかわいい男の子、って何だそりゃ」

「……具体的に言ったらバレるだろうが」

ぼそっと独り言《ご》ちると、耳聡《みみざと》い男にすぐさま訊《き》き返されたので慌《あわ》てて「何でもない」と首を振った。皓介が胡散臭《うさんくさ》そうに凜々《りり》しい眉をひそめる。

同じ職場で働いているのだ。しかも彼は智樹が四歳児クラス『こあらぐみ』当時の担当保育士だったから、当然智樹のことも日高のことも知っている。その翌年に、真守がそのクラスをそのまま引き継《つ》いだのだ。

未《いま》だに真守が二人と付き合いがあると知ったら、どんな反応をするだろうか。

試《ため》してみたい気もするが、今のところ話すつもりはない。

同僚の中では一番つるんでいる奴《やつ》なので、一つ話したら、ついついいらないことまで喋《しゃべ》ってしまいそうだ。

「ま、無事プレゼントが買えてよかったよかった。お疲《つか》れさん。ここは俺のおごりだから」

「当たり前だ。夕飯もおごれ」

「ヤダよ。お前、人の財布《さいふ》だと思うと死ぬほど食うだろうが。ま、ケーキぐらいなら追加してやってもいいけど……」

「すみません、追加オーダーお願いします」

「………」

さっそく通りかかった女性店員を呼び止める皓介に言葉もなく呆《あき》れて、真守は諦めてアイスティーのグラスを引き寄せストローを咥《くわ》えた。

テーブルの横ではラムレーズンアイスのような色の制服を着た彼女の瞳《ひとみ》が、真剣《しんけん》にメニューを選んでいる皓介を見つめてうっとりとしている。涼《すず》しい顔をして淡々《たんたん》と甘ったるいケーキの名前を告げる目の前の男の職業を、初対面の人間が一発で当てることはおそらく難しい。彼女もまさか、この彼が保育士だとは思いもしないだろう。しかも園児の前ではでれっと目尻《めじり》を下げ、女性に評判のいい低い声音《こわね》までもあっさり変えてしまう、無類の子ども好きときている。

そういうギャップがまた、女性にはハートをときめかせてくれる要素なのかもしれないが。

さくらおか保育園の職員は、中には見た目通りの奴もいるが、大体がそんな男たちばかりだ。

外で会えば、お互《たが》い子どもに囲まれて働いているようにはとても見えない。真守で言えば、第一印象ではよくレストランやカフェにいそうと接客業のイメージを持たれるが、皓介は上質のスーツを着て大手商社でバリバリと働いてそうだ。例えばそう、日高の部下にいそうな感じ。

ずっ、とストローの先がグラスの底について間抜《まぬ》けな音を立てた。

注文を受けた店員が、名残惜《なごりお》しげに去って行く。

「もうすぐハロウィンだな」

ちゃっかり飲み物のおかわりまで頼《たの》んで、皓介がふと思い出したように言った。

「期間限定のパンプキンパイがあった」

「何お前、そんなのまで頼んだの？」

モンブランしか聞こえなかったのに。

「いや。モンブランとベイクドチーズ。あとコーヒー二つ」

「……そりゃどうも。気が利《き》くなあ皓介クンは。ちょうど俺も腹が減ってきたとこだったんだあ——って、全部俺の金だろうが」

皓介とはお互いの食の好みを知っているくらいには付き合いが長い。

「ケチ臭《くさ》いこと言うなよ。モンブランも一口やるから。そうそう、今週職員会議あるだろ。クジビキだぞ？　お前去年何だったたっけ」

皓介が言っているのは、園の年中行事の一つ、ハロウィンパーティーのことだ。

さくらおかでは風変わり理事長の方針でイベントごとが多く、またそれぞれの規模が他《ほか》の保育園では類《るい》をみないほどの盛大さである。園児はもちろんその保護者も招いて、広大な敷地《しきち》内のホールや園庭で食事込みの各イベントを楽しむのだ。

ハロウィンパーティーは毎年十月の最終土曜、通常保育を終えた後に多目的ホールの大広間に移動して、みんなで食事やゲームをして楽しみましょう、というイベントだった。

それだけなら食事や会場が豪華《ごうか》という以外、ごく普通《ふつう》のお楽しみ会と変わらないのだが、曲者《くせもの》理事長がそんな普通のことを職員に要求するはずがない。

ハロウィンパーティーは子どもたちにとってはとても楽しみな日だ。だけど職員にとっては実は数あるイベントの中で、最も気の重いイベントのワースト3に入る。

なぜならば、ハロウィンにちなんで職員は全員仮装せよ、という使命が課されているからだ。要するにコスプレ大会である。ちなみにそれぞれの仮装テーマは理事長のお手製クジによって決定される。当然職員に拒否権《きょひ》はない。

「俺……は、去年は平安貴族。大体ハロウィンって、日本のイベントじゃないだろ。メチャクチャだ、あの理事長」

「今更《いまさら》だろ。俺は海賊《かいぞく》だったたな。まあ、平安貴族も海賊もマシな方だろ。俺がアリスうさぎやら羽を背負った天使やらなんてのを引き当ててみろ。かわいい子どもたちが泣く」

今年は何になるんだか。言い方こそ面倒臭《めんどうくさ》そうだったが、皓介の口元は愉快《ゆかい》げだ。

子どもも保護者も、この職員の仮装にはいろんな意味で期待しているのだから、これも仕事と割り切って自分たちも楽しんだ方が得である。どうせクジを引きさえすれば、あとは衣装のすべてを理事長が手配するのだから、個人的な手間が増えるわけでもなし。――と、六年も同じ職場で働いていれば自然と悟《さと》ってもくる。かわいい子どものためならと、サンタクロースに扮《ふん》して喜ばせる父親の心境に近い。

まもなくして注文したケーキとコーヒーが運ばれてくる。

約束通り一口モンブランを味見させてもらっていると、皓介がふと何かに気づいたかのように真守の脇《わき》に目をやった。

「真守、それ。鞄《かばん》、出てる」

「は？」

省略しすぎた言葉は、長い付き合いとはいえさすがの真守でも何のことだかさっぱり理解できない。言われたままに隣《となり》を見て、そして次の瞬間《しゅんかん》、ぎょっとなった。

プレゼントの入ったショップバッグの下、敷《し》くように無造作に置いていた鞄の外ポケットから、藍色《あいいろ》のそれが三角形にはみ出していたのだ。

「うわっ！……ウソだろ、またボタンが外れてる」

今日もいつも持ち歩いている鞄で出かけたから、ポケットから半分覗《のぞ》いている藍色は例のハンカチだ。あまり開け閉めをしているわけでもないのに、先日からこのスナップボタンはどうも調子がよくない。内ポケットに入れ替《か》えようと思っていながら、今日までそのままだった自分のうっかりさに、今更ながらどきどきしてきた。園内ならまだ捜《さが》しようがあるが、こんな休日の人込みの中で落としたらシャレにならない。

「それ、誰《だれ》の？　お前のじゃないよな」

フォークの先で指し示して、皓介が断定口調で言ってきた。

「……ホントに、何で俺の周りって勘《かん》のいいヤツばっかなんだろ」

独り言ちて、思わず盛大な溜《た》め息が漏《も》れる。

内ポケットに移動させようとして、ずるずる返しそびれているハンカチを手に取った。

俺も、返す気があるんだかないんだか——。

また溜め息が落ちる。

「幸せが逃《に》げてくぞ」

「……うるせえ。そういや皓介さ、桜の花言葉って、お前知ってる？」

「は？」

皓介がケーキを掬《すく》う手をぴたりと止めた。じっと凝視《ぎょうし》してくる。

信じられないモノを見るような眼差《まなざ》し。

「いきなりどうした、病院行くか？」

「どこも悪くねえよ。ちょっと耳にしたのを思い出しただけだろ。そんなにおかしなこと言ってねえじゃんか」

「充分《じゅうぶん》おかしいだろ。お前の口から花言葉なんてオトメ用語、長い付き合いの中で今初めて聞いたぞ。驚《おどろ》かすなよ」

「知るか。勝手に驚いといて」

たまたま思い出しただけなのに、そんなふうに返されると無性《むしょう》に恥《は》ずかしくなってきて、真守は誤魔化《ごまか》すようにコーヒーを啜《すす》る。砂糖を入れ忘れて、苦さにむせた。

無言で見守っていた皓介が、そのハンカチで拭《ふ》けばと目線を寄越《よこ》してきたが無視する。

「で？　季節外れの桜の花言葉っていうのは？」

「興味あるんだ？」

「そこまで言っといて黙《だま》られたら逆に気になる。早く言えよ」

「もう、素直《すなお》じゃないなあ。……『貴方《あなた》に微笑《ほほえ》む』——って、いうんだってさ」

「へえ」

どうでもいいような相槌《あいづち》が返ってきた。

言うんじゃなかったと後悔《こうかい》する。意外な知識を披露《ひろう》するというよりただ恥《はじ》をかいただけだ。

「……お前さ、もうちょっと味わって食えよ」

「うるせっ」

ベイクドチーズをやけ食いしていると、優雅《ゆうが》にコーヒーを啜っていた皓介がおもむろに口を開いた。

「——その花言葉っていうのは」

「え？」

「お前が持ってるそのハンカチと、何か関係があるのか？」

「ぐふぉっ」

唐突《とうとつ》な問いかけにケーキが喉《のど》に詰《つ》まった。

何をやってるんだ、と皓介がふうと呆《あき》れたような息をついて水のグラスを差し出してくる。

「……はあ。窒息死《ちっそくし》するかと思った——…ハンカチって、何で？」

平静を保つ声音《こわね》の裏で、動悸《どうき》が急速に速まっていくのがわかる。

落ち着け——これが、半年以上前の卒園式に日高から借りたままの物だなんて、皓介にバレるはずがない。ましてや、真守の想《おも》いまで。

コーヒーカップを静かに置いて、皓介が鋭角《えいかく》的な顎《あご》を軽くしゃくってみせた。

「それ、桜模様だろ」

眼鏡《めがね》の奥の双眸《そうぼう》が真守の手元を見やる。ぎくりとなった。

藍地《あいじ》に控《ひか》えめな——桜の透《す》かし模様。

「桜模様だから、桜つながりで花言葉を思い出したんだろ」

「ふうん」

「なんだよ」

「別に」

頬杖《ほおづえ》をついた皓介は、それっきりハンカチには興味を失ったように再びハロウィンパーティーの話題に戻《もど》した。

皓介のこういうところは助かる。決して興味がないのではなく、ないフリをしてくれているのだが、真守から切り出さない限りきっともうこの話にはふれてこないはずだ。

しばらく他愛《たわい》もない話をしていると、不意に皓介が小さな声を上げた。

「なんだよ」

「いや、あれ。あそこ、後ろの一番奥の席。ちょっと見えにくいけど、うちの卒園生がいる」

「え？」

気味が悪いほど脂下《やにさ》がる皓介の言葉に、真守も肩越《かたご》しに振《ふ》り返る。

「日高智樹くんだ。この前卒園したばっかりなのに、大きくなったな。俺も『こあら』の時に担当だったけど、お前も去年担当だっただろ」

その姿を認めた瞬間、真守は驚きに目を丸くした。同時に隣に日高の姿を見つけて更《さら》に驚く。思わず声を上げそうになって、慌《あわ》てて呑《の》み込む。

何で、ここに――？

確か今日は仕事ではなかったのか。智樹も今日はユータと遊ぶ約束をしていたのではなかったのか。

それがどうして二人してカフェに――…いや、二人じゃない。

「お父さんと一緒《いっしょ》だ。あれ？　女の人も一緒だな。まさか新しいお母さん？」

「…っ」

心臓がびくん、と聞いたこともないような音を立てた。

「――新しい、お母さん？」

「いや知らないけど。言ってみただけ。でもありえるだろ。日高さんって、まだ三十半ば？

もっと若いか。働き盛りであのルックスなら、小学生の子どもがいようが、女が放っておかないだろ。むしろ智樹くんに取り入ってでも……うーん、だとしたら元先生としては心配だな」

「…………」

ここからだと角度と客の混《こ》み具合の関係で、日高と智樹よりも二人と向かい合って座っている女性の方がよく見える。

ショートカットがよく似合う小顔の美人だった。はっと目が覚めるような赤い艶《つや》やかな唇《くちびる》から華奢《きゃしゃ》な身体《からだ》に似合わぬ勝ち気さを感じるが、笑うと印象が一変する。目尻《めじり》に皺《しわ》を寄せて屈託《くったく》なく笑う、笑顔《えがお》の素敵《すてき》な女性だ。

誰だ——？

ちり、と胸の奥にひりつくような痛みが走った。

「ああ、でも大丈夫《だいじょうぶ》か。あの女の人と智樹くんは相性がよさそうだ」安心したように皓介が呟《つぶや》く。「智樹くんは誰とでも仲良くなるけど、なかなか気を許してくれないからなあ」

その通りだ。こいつもだてに智樹を一年間見守ってきた保育士じゃない。

彼女と智樹が笑って話している。誰にでも分け隔《へだ》てなく見せる『いいこ』の笑顔ではない、もっと親しい人間にしか見せないような、子どもらしい表情や仕草を彼女の前ではしてみせているのだ。それもごく自然に。たぶん無意識なのだろう。

それくらいに、彼女とは打ち解けているということか。

日高もそれが当たり前のように、その場にも彼女にも馴染《なじ》んでいるように思えた。

遠目にもなんとなく伝わってくるあの雰囲気《ふんいき》は、ここ最近の付き合いではないはずだ。

「何か買ってもらったのかな。でっかい袋《ふくろ》からリボンのかかった包みが見えてる……ああ、そういえば智樹くんの誕生日は十月だったたっけ」

何も知らない皓介は楽しげに一人で話している。だけどそんな暢気《のんき》な様子が真守にはなぜだか異様に腹立たしく、癇《かん》に障《さわ》った。胸のひりつきが益々《ますます》ひどくなる。

嫌《いや》な予感がする。

数日後に控えた智樹の誕生日を前に、休日に三人で会っているのだ。偶然《ぐうぜん》会ったとは思えない。きちんと前々から予定は組まれていたのだ。

俺に嘘《うそ》までついて——？

二人して口裏を合わせてまでして、真守に隠《かく》して。誰だか知らない女性と三人で会っていることよりも、二人に嘘をつかれたことの方が真守にはショックだった。

皓介の推測を借りるのなら、確かに話せと言われても、所詮《しょせん》は赤の他人の自分相手にどう話していいのか困る内容かもしれない。そもそも話す必要性があるかと言われると疑問だ。

だけど、だったら真守とのことは何だったのだ。

何だろう。何だか——これではまるで自分がひどく悪いことをしているような気分になる。

「なんかこうやって見ると、絵に描《か》いたような幸せ家族だよな」

どんな関係かは知らないけど。と皓介が何気なしに呟いた。

途端《とたん》に胸が、今度は刺《さ》すように痛み出す。皓介の言葉は悔《くや》しいことにまさにその通りで、三人の気心知れた様子を目の当《ま》たりにした真守は何も言えない。

自然体の智樹の横には大きな包み――おそらく誕生日プレゼントと目の前にはケーキ。たぶんあれは彼の一番好きなイチゴのショートケーキだ。

「智樹くんも嬉《うれ》しそうだ」

自分も嬉しげに皓介が続ける。

「うまくやってそうだな。安心した。日高さんも揃《そろ》って幸せそうでなにより」

「――……っ」

ぐさり、と胸に見えない何かが鋭《するど》く突《つ》き刺さった気がした。

あまりの衝撃《しょうげき》と痛みに、一瞬《いっしゅん》本当に血が流れたかと錯覚《さっかく》する。

「もうとっくに再婚《さいこん》してたりしてな。智樹くんの小学校入学と同時に……え？　どうした？」

皓介が不審《ふしん》そうに真守を見ていた。真守はほとんど自分でも気づかないうちに手元に引き寄せていた鞄《かばん》から財布《さいふ》を取り出す。五千円札を一枚引き抜《ぬ》いて、テーブルに置いた。

「悪い。これで払《はら》っといて。俺、ちょっと先に帰るわ。今日は助かった。ありがと」

用を思い出した、と取ってつけたような言い訳を残して席から立ち上がる。

「おいっ、真守」

「声でけえよ。じゃあな、また明日」

「フツーだろ。むしろ小声だ……あっ、待て」

伝票を手に取ろうと皓介の視線が外れたのをいいことに、真守は足早に出口に向かう。

カフェを出るとそのまま駅に向かった。本当はこの後、もう少し繁華街《はんかがい》をぶらぶらしようかと思っていたが、もうそんな気は失《う》せた。足が重い。それ以上に頭が重い。ガンガンする。

「……っ!」

いきなり肩《かた》を掴《つか》まれて、ぎょっとした。

「——…なんだ。ビックリさせんなよ。……走ってきたのかよ」

振り返って思わず詰《つ》めた息を吐《は》く。皓介が肩で息をしながら恐《こわ》い顔で睨《にら》んできた。

「……なにが、ビックリだ。こっちの方が、ビックリだ、バカ」

「いてっ」

ペシッと後頭部を叩《たた》かれて、一瞬頭が沈《しず》む。

「……おい。そんなに強く叩いてないだろ」

倒《たお》れたまま起き上がってこない後頭部を、皓介が珍《めずら》しく焦《あせ》ったように撫《な》でてきた。らしくない困り声が「真守?」と少し高い位置から呼びかける。

「……悪い」

「あ? なんだ、具合が悪いのか」

見当外れのことを言って顔を覗《のぞ》き込まれる。予想外に心配げな親友の顔が目の前にあって、張り詰めていた顔の筋肉が一気に弛《ゆる》んでしまいそうになった。咄嗟《とっさ》に爪先《つまさき》に視線を落とす。

僅《わず》かな沈黙《ちんもく》が落ちて、頭上から小さく嘆息《たんそく》する気配。

また少し間があって、今度はくしゃりと頭を混ぜられた。そのまま軽く引き寄せられる。

「……おい、人が見てる」

「安心しろ。ちょうど人通りが切れたところだ。大通りに出る前に追いついた俺の俊足《しゅんそく》に感謝しろ」

意味のわからない軽口とともに後頭部をぽんぽんと叩かれた。

「そういえば、前にもこんなことがあったな。あ——…と。そうだ、今年の卒園式の時だ」

唐突《とうとつ》に厄介《やっかい》な記憶《きおく》を引きずり出した皓介の言葉に、一瞬みぞおちの辺りがひやりとした。

「ひとけがなくなった途端、号泣《ごうきゅう》してたよな、お前。あの時のスーツはお前の鼻水でドロドロのカピカピになったんだった。そういえばクリーニング代、まだもらってない」

「……ケチ臭《くさ》いこと言うなよ。それから、もうあれは忘れろ。卒園式だったんだから仕方ないだろ」

「まあな。お前、卒園生受け持つの初めてだったし」

「そういうこと。ちなみに、今は泣いてない」

わかったわかったとしつこく頭をぽんぽん叩かれる。園児をあやすのと同じ仕草に真守は決まり悪げに身体を引き剝《は》がす。だけどおかげで少し、荒《あ》れた心が落ち着きを取り戻《もど》した。

「さて、帰るか」

くしゃりと頭を混ぜられて、思わず浮《う》かんでしまった泣き笑いのような笑み。

とん、と軽く背中を押されて一歩前に足が出る。真守は皓介と肩を並べて歩き出した。

4

「――ウソだろ」

店を出た途端、真守は茫然《ぼうぜん》と呟いた。

――頭が混乱していた。

あるはずのものがないと気付いたのは、今日の午後、職場のロッカールーム。エプロンの糸がほつれているのを見つけ、職員室に戻るよりもロッカールームの方が近かったので、私物の鞄からハサミを取り出した時だった。

またスナップボタンが外れているのを知って一瞬青褪《あおざ》める。けれどすぐに、昨日中身を内ポケットに移し替《か》えたのを思い出した。

それなのに、念のため確かめた内ポケットには何も入ってなかったのだ。

耳の内側でさー、と血の気が引いていく音が聞こえる。

内ポケットのファスナーは閉まっていた。ということは、入れたつもりで実は最初からここに入ってなかったということだ。あの時、自分がどんな行動を取ったのか、まったく思い出せないのが腹立たしかった。

考えられるのは、昨日皓介と一緒《いっしょ》に行ったカフェしかない。

皓介にも聞いてみたけれど、いい返事はもらえなかった。先に出て行った真守を追いかけて皓介もすぐに席を立ったので、そこまで注意して椅子《いす》やテーブルの下を確認《かくにん》しなかったらしい。

申し訳なさそうに言われたが、皓介は悪くない。真守の不注意だ。

就業時間を終えるとすぐに、真守は一人で例のカフェに向かった。

結果は――そんな落とし物はなかったと、店員の困ったような言葉。

もしかしたらと、一縷《いちる》の希望を持って近くの交番にも寄ってみたけれど、若い警官の返事はカフェ店員と同じだった。

目の前が暗くなる。

まずい。どうしよう――。

失《な》くしたのが自分の物だったら、まだ諦《あきら》めはついたかもしれない。だけど失くしてしまったのは、藍色《あいいろ》のハンカチだ。日高の物なのだ。

幸い、日高はあのハンカチのことは忘れているのか、それとももう手放した物としているのか、真守はその行方《ゆくえ》を一度も問いただされたことはない。

ただ、自分の手元からそれが消えてしまったことが、大問題だった。

昨日の今日で、一気にツキに見放された気分になる。

唐突にふわり、と脳裏《のうり》を掠《かす》めるように藍地に浮かぶ桜模様が過《よ》ぎった。

――桜の花言葉って、知ってますか？

あれはいつだったか。世間話の最中《さなか》に何を思ったのかそんなことを教えてくれたのは、真守以上にオトメ用語が似合わない園内一デカイ図体《ずうたい》の後輩《こうはい》保育士だった。

桜には『貴方に微笑む《あなたにほほえむ》』という花言葉があるのだという。

聞いた当時は手元に残されたハンカチの意味を勝手に解釈《かいしゃく》して一人悦《えつ》に入った馬鹿《ばか》げた思い出もあるが、今となっては皮肉な話だ。

あの桜は、真守に微笑むどころか、忽然《こつぜん》と目の前から消えてしまった。

これも、一種のお告げなのだろうか。

そろそろ、引き際《ぎわ》。言われる前に自分から身を引きなさい。往生際が悪ければ、長引いたその分だけ自分が傷つくのだから。――所詮《しょせん》、男同士の不毛な関係。

「まだ、再婚するとは決まったわけじゃないだろ……」

未練がましく呟《つぶや》いて、だけど頭の中で盛大に誰《だれ》かに嘲笑《あざわら》われたような気がした。

昨日の光景が蘇《よみがえ》る。真守と三人でいる時よりも、彼女があの中にいる方がよっぽど自然だった。皓介の言う通り、確かに『絵に描《か》いたような幸せ家族』だと、真守自身そう思ったのだ。

キレイな人だった。あの人と……再婚、するんだろうか――。

彼らの間で話が進んでいるのだとしたら、真守にもいずれ日高が切り出すだろう。

今度あの部屋に行ったら、すでに彼女がいるかもしれないと考えて、ぞっとした。

『お母さん』がいるのなら、真守はいよいよ用済みになる。いくら智樹に料理指導するからといって、これ以上自分が出張るのはどうかと思う。彼女がいるあの部屋に、今まで通りのこのこと足を踏《ふ》み入れるほど、真守だって神経図太くはない。

そして、最初から真守は智樹との約束ありきでマンションに出入りしていたのだから、それがなくなれば日高と会う理由も自動的に消滅《しょうめつ》することになる。——会えなくなるのだ。

どきどきわくわくのこの一月半《ひとつきはん》が、実はあっけないほど脆《もろ》いつながりの上にあったのだと、今更《いまさら》ながら気づいて思わず自嘲《じちょう》した。

——……でも、幸せですけどね
以前聞いた日高のあの言葉は、結局真守が思っていたような意味ではなかったのだろう。なのにいい気になって勝手に舞《ま》い上がって。

俺も相当マヌケだな——。

俯《うつむ》き顔を夜空に向けると、なんだか一気に気が抜《ぬ》けた。こんな夜に限って星が眩《まぶ》しい。

不意に携帯《けいたい》のバイブが鳴った。

慌《あわ》てて取り出すと、メール受信のマークが出ている——智樹からだ。

携帯は小学校に上がってから防犯と連絡《れんらく》用に日高が持たせたそうだが、智樹はほとんど使ってないようだった。登録してあるのは日高の番号のみ。

その携帯に、智樹は真守の携帯番号とメールアドレスを登録してくれた。

「……あ、しまった。連絡入れるの忘れてた」

昨日のことがあって、今日は智樹との約束をどうしようかと悩《なや》んでいたところに、ハンカチの紛失《ふんしつ》が発覚したのだ。途中《とちゅう》から意識が全部そちらに持っていかれてしまっていた。

今から行ってももう遅《おそ》い。着く頃《ころ》には日高が帰宅する時間帯だろう。智樹も今日はもう真守が来ないと予想しているはずだ。

だからメールも『おしごといそがしいですか？　がんばってください。　智樹』と、泣けてくるような文面だった。

胸が引き攣《つ》れるように痛む。

そして、今からこれを利用しようとしている自分に自分で吐《は》き気がする。

「…………」

メールを返信して、真守は帰路に就《つ》く。

嘘《うそ》をつかれてあれほどショックを受けたくせに——今度は自分が嘘つきになってしまった。

✚　✚　✚

一日の仕事を終えて居合わせた皓介と一緒に園舎を出ると、背後から呼ぶ声がした。

この甘めのテノールは奴《やつ》だと見当をつけて振《ふ》り返ると、案の定、思った通りの男がひらひら手を振りながらのんびりと歩み寄って来る。後輩保育士の一人だ。

「……お前さ。呼び止めるなら走って来るくらいしろよ、湊《みなと》センセ」

真守が厭《いや》みを込めて言うと、湊は一瞬《いっしゅん》きょとんとしてみせる。そうしてにっこりと笑った。

「ごめんね、真守さん。次からそうする」

夜の薄闇《うすやみ》でも彼の派手な容姿は健在だ。むしろ夜の方が一層妖《あや》しく映《は》えて、これから仕事に出かけるのかと言いたくなる。

「お前、それが男相手にも通用すると思うなよ」

低く凄《すご》んでやると、今の笑顔《えがお》一つで朝から母親たちのハートを鷲掴《わしづか》みしてしまう後輩保育士は、心外《しんがい》だという顔をして肩《かた》を竦《すく》めてみせた。

「通用することもあるんだけどね」

「転職すれば？」

「えー、保育士が天職だと思ってるんだけど」

「今の俺ウマいこと言った、みたいな顔してんじゃねえぞ。イラッとする」

「イライラするのは身体《からだ》によくないよ？　給食室からニボシ貰《もら》って来ましょうか、センパイ」

ちょうどいい位置にあったみぞおちに肘《ひじ》を打ち込む。うっと小さな呻《うめ》きが上がり、僅《わず》かに下がった後頭部を流れに乗ってついでにはたいてやった。

「ちょっ、頭まで…っ！　皓介さーん、黙《だま》って見てないで止めてよ、この暴力センパイ」

「お前が頭を差し出したんだろ」

「そうだ、お前が叩《たた》いてくださいって俺に差し出したんだ」

「んな横暴な。真守さんこそ転職すれば？」

「俺こそこれが天職《保育士》だっつーの」

少し目線を持ち上げて、後頭部をこれ見よがしにさすっている湊に向けて鼻を鳴らした。湊が声を上げてゲラゲラ笑うから、またイラッとしたところで、ふと彼は二人を見て言う。

「最近、よく一緒《いっしょ》にいるよね。今日も二人で飯？　たまには俺も交ぜてよ」

「お前が奢《おご》るっていうなら大歓迎《だいかんげい》だ」

「……フッー逆でしょう。こんなにかわいい後輩なのに……あれ？　二人とも何、その目」

「なんて厚かましい後輩なんだ、って目」

「かわいくない、まったくカワイクナイ」

皓介がはあと溜《た》め息をついてゆっくりと首を振り、真守は両腕《りょううで》を掻《か》き抱《いだ》いて盛大にぶるりと身震《みぶる》いしてみせる。

「ヒッデェの」と、湊がわざとらしく唇《くちびる》を尖《とが》らせた。またそれが恐《おそ》ろしく似合わない。

そんな仕草がかわいらしく映るのは子どもだけだ。

そう、子ども——ふと唐突《とうとつ》に、智樹の唇を尖らせた顔が脳裏に浮《う》かぶ。同時に真守先生、と子ども特有の高音も一瞬聞こえたような気がした。

どうしてるかな——。

最後に智樹に会ったのは先週の土曜日だったから、もう五日ほど会ってないことになる。結局ここ数日、ない仕事を言い訳に真守の足は日高家から遠退《とおの》いていた。智樹自身さくらおかの卒園生ということもあって、来週末のハロウィンパーティーの準備が忙《いそが》しいと言うと、彼は渋々《しぶしぶ》ながらも納得《なっとく》してくれたようだ。

実際は準備が忙しいのは前日ぐらいで、クラスごとに細々とした分担仕事はあるが、それも居残るほどではない。今日もほぼ定時で上がり、これから帰路に就くところだった。

最近はなんとなくロッカールームで居合わせた皓介と連れ立って帰り、適当な店に寄って夕飯を食べて帰る毎日だ。お互《たが》い一人暮らし。昨日は途中で買い込んだ弁当を持って、越《こ》したばかりの皓介の新居にお邪魔《じゃま》した。今日は何を食べようかと考えていたところである。

先週まで毎日のように通い詰《つ》めていたマンションに向かわないのは、真守の個人的な理由からだった。もしもの時の覚悟《かくご》が、真守にまだできていないからだ。さすがにこのままフェードアウトしようとまでは思ってないし、そこまで薄情《はくじょう》な真似《まね》はできない。だけどもう少し気持ちが落ち着いてから——と言い訳して、すでに四日目になる。

「皓介さんは、まあいつもと変わらないとして。真守さんは、最近ゆっくりだよね」

なぜか三人肩を並べて、花の形を模した外灯で照らされた明るい正門に向かいながら、ふと湊が言った。今までの軽いトーンを僅かに落とすところがまた腹立つ。

「そうか？」

「先週まではこんなふうに俺と帰りが一緒《いっしょ》になることなかったでしょうが。皓介さんとも。ねえ？　真守さん、着替《きが》えるの早いし、すぐ帰っちゃうし。かわいい後輩《こうはい》が先輩《せんぱい》ともっと一緒にいたくてゴハンに誘《さそ》ってるってのに、あっさり断るし。前はこうじゃなかったのになあ……いつからだっけなあ」

わざとらしく夜空を仰《あお》いだ湊に、真守は小さく舌打ちをする。

「気のせいだろ。湊、お前もう帰れ」

「……いや。だから帰ってるんでしょうが」

「門を出たら左折な。俺たち右だから」

「俺だって右ですよ。なんでそんなに意地悪言うかなあ。そんなんだから、頭にゴミクズついちゃうんだよ」

「は？　え、ゴミクズ？」

にやにやと憎《にく》たらしい湊の言葉に反射的に頭に手を載《の》せる。思わず逆隣《どなり》の皓介を見やった。

「うん？　ああ、本当だ。糸クズがついてるな。暗くて気づかなかった」

外灯に照らされた真守の頭を見て、皓介が手を伸《の》ばす。

「――取れたぞ」

「サンキュ。湊、お前がつけたんだろ。今ので今日の飯はお前の奢りに決定した」

「はあっ？　なんだそれ、どんな濡《ぬ》れ衣《ぎぬ》だよ」

三人して豪奢《ごうしゃ》な門をくぐり抜《ぬ》け、園を出た時だった。

「真守先生」

不意に呼び止められて、その瞬間《しゅんかん》、真守は条件反射のようにびくっと竦み上がった。皓介と湊も足を止めて、振り返る。

「あれ？　ねえ真守さん、あの人……」

そして二人とも気づいたのだろう。湊が真守の肩を叩いてきた。

振り向かなくてもわかっている。声だけで誰《だれ》なのか、身体が覚えてしまっているからだ。

「日高さんじゃない？　ほら、日高智樹くんのお父さん」

だけど改めてその名前を聞くと、心臓が一際《ひときわ》強く波立った。

日高はこの園ではある意味有名人だった。その外見のせいもあったが、智樹の送り迎《むか》えにスーツ姿で現れる彼は保護者の間でもよく知られていたし、イベント時には男手の必要なところでは積極的に力を貸してくれるので、職員にも好感を持たれていたからだ。

かつて智樹の担任だった皓介は当たり前だが、湊も彼の事はよく記憶《きおく》しているようだった。

「真守さんに用があるんじゃないの？　智樹くんの事とか……あ、どうも。お久しぶりです」

真守が固まっている合間に、いつの間にか日高は距離《きょり》を縮めていたらしい。

「湊先生、……皓介先生、ご無沙汰《ぶさた》しております」

声がすぐ後ろで聞こえた。耳に馴染《なじ》んだ深みのある低音。鼓動《こどう》が脳内に響《ひび》き渡《わた》る。

「智樹くん元気ですか？」

「はい、おかげさまで。元気に学校に通っています。あの、少し真守先生にお話ししたいことがあって今日ここに来たのですが、よろしいでしょうか？」

日高の控《ひか》えめで感じのいい物言いに、湊が「そうなんですか」と愛想好《あいそよ》く応じるのが聞こえてくる。調子のいい声が間を空けることなく続けた。

「どうぞどうぞ。もう仕事は終わりましたから。真守先生もあとはもう帰るだけですし。ね」

このバカ、何が『ね』だ。余計な事を言いやがって――！

内心で盛大に舌打ちをする真守の肩を、笑顔の湊がぽんと叩く。

「じゃあ、俺たちはこれで。行きましょうか、皓介さん」

「ああ。日高さん、智樹くんにもまた遊びに来るようお伝え下さい」

「ちょっ、皓介、湊…っ」

「はい。ありがとうございます」

「じゃ、真守先生、また明日。お疲《つか》れさまでです」

再度日高と会釈《えしゃく》を交《か》わして、二人が去って行く。

その背中に今すぐ走って行って蹴《け》りを食《く》らわせてやりたかったが——真守は動けなかった。

皓介と湊との距離がどんどん開き、もう間もなく角を曲がって見えなくなるだろうというところで、真守は引き結んでいた唇をほどく。気をつけていたが、それでも少し声が掠《かす》れた。

「……あの、手を、放してもらえませんか」

二人には気づかれないように、陰《かげ》で日高の大きな手が真守の手首を摑《つか》んでいた。

この距離で聞こえないはずがない。だけど、日高の手は一向に動く気配がなかった。代わりに頭上から抑揚《よくよう》の欠けた声が落ちてくる。

「仕事が忙しい——と言う割には、いつもとそう変わらない時間のように思えますけどね」

「…っ」

意思に反して、身体《からだ》が微《かす》かに震《ふる》えた。

「話があります。向こうに行きましょう」

皓介や湊相手とは打って変わって淡々《たんたん》とした物言いが、隠《かく》し切れない不穏《ふおん》さを感じさせる。

手を引かれ、けれどその先に見覚えのあるセダンを見つけた途端《とたん》、足が拒絶《きょぜつ》した。

俺に、話——？

気づくと、日高の手を振《ふ》り払《はら》っていた。

「あっ――……は、話ならここで」

「……いいんですか？」

「っ！」

いきなり二の腕《うで》を掴まれて力任せに押しやられた。と、どんと背中が硬《かた》い石壁《いしかべ》に押し付けられる。すぐさま顔の両脇《りょうわき》に手をつかれて囲われた。

驚《おどろ》いた拍子《ひょうし》に、今まで避《さ》けていた日高の顔をまともに見てしまう。

「――……っ」

びっくりするほど近くに日高の顔があって、思わず息を呑《の》んだ。ひゅっと喉《のど》が鳴る。吐息《といき》がかかるほどの距離で、日高が低めた声を吐《は》き出す。

「俺はいま機嫌《きげん》が悪い。気が昂《たか》ぶれば大声で何を言い出すかわかりませんよ」

含《ふく》みのある脅《おど》しにぎょっとした。何のことを言われているのか考えて、愕然《がくぜん》とする。

日高の顔がゆっくりと近付いてきて、真守の耳元で囁《ささや》いた。

「ここはあなたが大切にしている職場でしょう」

その時、園舎の方から誰かの笑い声が聞こえてきた。はっとする。まだ中には同僚《どうりょう》が残っているのだ。それにここは公道だ。脇道《わきみち》からいつ誰が出てくるかわからない。

ゆらりと日高が身を引く。

「行きましょう」

「…………」

茫然《ぼうぜん》となる真守の手を日高が再び取った。

引きずられるようにして、真守はのろのろと歩き出した。

車内は息もできないほどの重苦しい沈黙《ちんもく》で占《し》められていた。

無言のまま運転し続ける日高が、一体どこに向かおうとしているのかもわからない。彼の自宅マンションなら方向が逆だから、おそらく別の場所だろう。

話があると言っていた。そのために真守に会いに来たのだと。

日高はスーツ姿だ。仕事を早めに切り上げて来たのだろう、助手席に乗り込む際にちらと見えた後部座席には、通勤用の鞄《かばん》が薄手《うすで》のコートと一緒に無造作に放《ほう》り投げてあった。

四日も顔を見せないのは初めてだったが、智樹には毎日連絡《れんらく》を入れている。今日も昼休憩《きゅうけい》にメールを送っておいたので、授業が終わってから確認《かくにん》しているはずだ。もしかしたら、彼がその内容を日高に知らせたのかもしれなかった。月曜から四日間、見かけただけの日曜を入れれば五日連続、さすがに日高もおかしいと疑い始めたのだろう。

これで真守が適当に時間を見計らって園から出てきたら何の問題もなかったのだろうが、まさか待ち伏《ぶ》せされているとはこちらも思わない。結果、嘘《うそ》だとバレたわけだ。

もう仕事を言い訳にして逃《に》げることはできない。それどころか湊が余計なことまで言ったので、この後の予定がないことまでバレている。予定がないのに、真守は日高家を避けている。

相変わらず黙《だま》ったままの日高は、今日だけでなくこの四日間の真守の言い訳の全部が嘘だと勘付《かんづ》いているはずだ。

個人的な話より先に、まずその理由を問われるかもしれない。

──俺はいま機嫌が悪い

日高の低い声音《こわね》が耳朶《じだ》に返る。機嫌を損《そこ》ねた理由の一つは、間違《まちが》いなく真守の不可解な態度だろう。嘘をつかれたと知るのは、誰だって気分のいいものではない。それは真守も嫌《いや》になるほど知っている。

だけど、真実を正直に話せるわけがなかった。

辿《たど》れば、最終的に行き着くのは真守の日高への想《おも》いだ。やはり最初にきちんと言葉で確認しておくべきだったと後悔《こうかい》する。真守自身、信じられないほどの嬉《うれ》しい気持ちが先走って、伝えるべき言葉をすっとばしていたのだから、日高のことばかり責められないのだけれど。

今になって、日高にあっさりとあれはたった一度のアヤマチだと流されたらと思うと、とてもじゃないが平静を保っていられる自信がなかった。はっきりと訊《き》いてすべてをすっきりさせたい気持ちはあるのに、一方でそれが途轍《とてつ》もなく恐《こわ》い。

新しい家族が増えるから、明日からはもう来ないでくれないか──なんて告げられたら、真守はどう答えればいいのだろう。笑って頷《うなず》いて、でもその後、めちゃくちゃに壊《こわ》れて立ち直れなくなるような気がする。恐かった。

不意に、それまでスムーズに流れていた車が初めて信号に引っかかり停止した。

はっと俯《うつむ》いていた顔を上げる。

反射的に窓の外に目を向けると、見覚えのある景色が広がっていてほっとした。それなりに人通りのある歩道の向こうには軒《のき》を連ねるウィンドー越《ご》しにまだ明るい店の内装が見える。この辺りは飲食店も多く、仕事帰りに同僚と立ち寄る行きつけの店もいくつかあるので、真守の行動範囲《はんい》内だ。随分《ずいぶん》と走ったように思えたが、実はそんなに進んでいない。車内の時計もあれから五分が経過した程度だった。

けれどもこの目抜《めぬ》き通りを過ぎると、さすがに地理はうろ覚えになってしまう。

何か言いようのない不安を覚えて、真守は横の日高を見やった。日高はただ真っ直《す》ぐ前を向いている。

「あの、日高さん。どこに……？」

日高は答えない。肌《はだ》が切れそうなほどの張り詰《つ》めた空気に、胃が痛くなってきた。

信号が青に変わる。

「──…っ」

いつもスムーズな日高の運転にしては荒々《あらあら》しい発進。顔に出ない分、感情が運転にそのまま表れている。

いよいよ不安顔で隣《となり》を見ると、日高が前方を見つめたまま静かに唇《くちびる》を開いた。

「どうして嘘をついたんですか？」

「俺たちと一緒《いっしょ》に過ごすのは、もう飽《あ》きましたか」

「違《ちが》っ、そんなことは――っ！」

「……………」

突然《とつぜん》、車が左折した。

電飾《でんしょく》で明るい通りから脇道に入って一気に辺りが暗くなる。

そろそろ目抜き通りも終わりに差し掛《か》かるところだった。少し脇《わき》に逸《そ》れただけで明かりの消えたビルが多くなり、人通りもなくなって閑散《かんさん》としだす。

「日高さん、車、ここで停《と》めてください」

本能が言い知れない何かを警戒《けいかい》して、焦《あせ》った声が車内に響《ひび》いた。

日高は何も答えない。車も停まらない。

「日高さん…っ」

再び車輪がカーブを描《えが》く。

反射的に辺りを見回すと、どうやらここはどこかのビルが所有する駐車場《ちゅうしゃ》のようだ。数台の車が停車しているが、ひとけはない。

そこの空いているスペースにようやく日高は車を停めた。

真守は隙《すき》を見計らって、こっそりとシートベルトを外す。

「…っ」

その手を寸前で止められた。

日高の大きな手が真守の手を掴《つか》む。強引《ごういん》に引き寄せられて腰《こし》が捻《ねじ》れた。目の前に日高の顔があって、ひどく動揺《どうよう》する。

目をまともに見ることができずに、すぐに視線をそらせた。

「は、放してください」

「まだ話はすんでない」

「──今日は、なんだか調子が悪くて……だからあの、また今度……」

「また今度？」

日高が鼻先で嗤《わら》う。

「そうやって距離《きょり》を置いて、俺とのことをなかったことにするつもりですか」

顎《あご》を掴まれて、ぐっと持ち上げられた。咄嗟《とっさ》に首を捻《ひね》って抗《あらが》う。だけどすぐさま強い力で無理やり元《もと》に戻される。強引に目線を絡《から》まされる。

「俺に触《さわ》られるのはそんなに嫌ですか」

「……っ」

「皓介先生にはあんなに無防備に触らせるのに？」

「………？」

どうしてそこで皓介の名前が出てくるのか、わからなかった。

日高が何を言いたいのかまったく読めなくて、真守は本気で狼狽《うろた》える。

不意に髪《かみ》を触られた。半ば反射的にびくっと身体《からだ》が強張《こわば》る。真守の反応に、日高が僅《わず》かに目を瞠《みは》り、そして苛立《いらだ》たしげに顔を歪《ゆが》めた。

「先ほども、こんなふうに頭を撫《な》でられて悦《よろこ》んでましたね。真守先生は――……皓介先生のことが好きなんですか？」

「――な、何を、言ってるんですか。皓介は……同僚で、友達…」

「親友だと、昼間の路上で抱《だ》き合いもするんですか？」

抑揚《よくよう》の欠けた声に言葉尻《ことばじり》を奪《うば》われる。

意味が摑めず押し黙った真守は、けれど続く言葉に日高が何のことを言っているのか理解した。

「あの翌日から、あなたは俺たちを避《さ》けるようになった。仕事が忙《いそが》しいだなんて、こちらが口を出しにくい嘘までついて。嘘はもういいです。本当のことが知りたい」

この前の日曜のことを彼は言っているのだ。

だとすれば、日高の方も真守たちに気づいていたことになる。

彼は自分の言葉に矛盾《むじゅん》を感じないのだろうか。先に嘘をついたのは、どっちだ――？

不信感露《あら》わに真守は目の前の男を睨《にら》み据《す》えた。日高が切れ長の目元をすっ、と細める。

「本当はあの日、何があったんです？　皓介先生にも――」

「っ！」

「ここを、触らせたんですか？」

日高の手がするりと真守の股間《こかん》を撫でた。びくりと震《ふる》えて真守は咄嗟に太股《ふともも》を閉じる。だがそれを日高は乱暴とも思える仕草で半ば強引に割り開き、そのまま手を奥に進めてきた。

「ぁっ」

探《さぐ》り当てた指が、ぐっと厚い布越しに後ろの窄《つぼ》まりを押し上げてきた。ぐっ、ぐっ、と続けざまに指がそこを突《つ》き上げてくる。こんな状況《じょうきょう》だというのに、信じられないことにそこを刺激《しげき》されると覚えのある甘い戦慄《せんりつ》が背筋を駆《か》け抜《ぬ》けた。

「あなたはウソツキだから、あんなふうに震えながら初めてと言ってみせたのも、実は演技だったのかもしれませんね。それを俺は――…バカだな」

「ひっ」

奥から手前に股間を揉《も》むようにゆっくりと撫で上げて、日高の手が緩《ゆる》めのパンツのウエストをかいくぐり、下着の中までもぐり込んできた。必死に腰を捻って抵抗《ていこう》するが、シートベルトが絡まって動きが制限される。ぐっと上から強い力でシートに押さえつけられた。下腹を撫でまわし、下生えをまさぐるいやらしい手つきに呼応するかのように、徐々《じょじょ》に息が上がってゆくのがわかる。鼓膜《こまく》の周辺にこもった息遣《いきづか》いが熱い。

「それともあれで、味を占《し》めましたか？」

尖《とが》らせた舌先が首筋をつーっ、となぞり上げた。耳の付け根を強く吸われて嬌声《きょうせい》が漏《も》れる。

「…は…ぁ…ふ…っ」

下肢《かし》を揉まれて、密閉《みっぺい》した車内に自分の呼吸音が信じられない大きさで響く。生理的に滲《にじ》んだ涙越《なみだご》しに、薄闇《うすやみ》でもはっきりとわかるほどに冷ややかな日高の双眸《そうぼう》が映った。

「やめ——…あっ」

ぐっと握《にぎ》り込まれて、びくびくっと腰が勝手に跳《は》ねた。

「少し触っただけで、もうこんなにして……。こんないやらしいところもかわいいと思ったが、今はただ腹立たしいな」

敏感《びんかん》な箇所《かしょ》を的確に擦《こす》り上げられて、湧《わ》き上がる快感に目がくらんだ。

「……本当は昨日も、園にあなたを迎《むか》えに行ったんですよ」

ねっとりと耳殻《じかく》を舐《な》められ、耳朶《じだ》を甘噛《あまが》みされると、ぶるりと全身が震え上がる。

「だけど、門から出てきたあなたは皓介先生と一緒だった。泊《と》まるだのなんだの楽しそうに話しているあなたが信じられなくて、声がかけられませんでした」

「ちが…、うっ、……こ、すけは、…そんなん、じゃ……あうっ」

途端《とたん》に強く握られて、危《あや》うく達しそうになった。

「今日も、俺が呼び止めなければ、あのまま彼の家に一緒に帰るつもりだったんでしょう？」

「ちが…っ、」

誤解に先走る日高に、真守は掠《かす》れて役に立たない声の代わりに懸命《けんめい》に首を横に振《ふ》る。

確かに昨日は皓介の新居にお邪魔《じゃま》した。だけど夕飯を食べてすぐに帰ったし、泊まるだのなんだのという会話はたぶんその場のノリで、真守自身はそんなことを言ったことすら覚えてない。今日だって、あのままだと湊を含《ふく》めた三人で食事して、その場で解散になっていたはずだ。もっと言えば、日曜日のことも皓介は情緒《じょうちょ》不安定な自分に気を遣《つか》ってくれていただけで、そもそも、真守がそうなったもともとの原因というのは——。

「あなたも同じ気持ちでいてくれるのだと、思っていたのに。まさか、こんなふうに一方的に切られるとは思ってもいなかった。遊びなら、最初から言ってくれれば——」

「——っ！」

がっ、と鈍《にぶ》い音がしんと静まり返る車内に落ちた。

——日高が、己《おのれ》の口元を手で押さえていた。

その姿を目にした途端、右手の甲《こう》に熱い痛みがじんじんと浮《う》かび上がってくる。

「あんた、人をバカにするのもいい加減にしろよっ」

叫《さけ》ぶと同時に、屈辱《くつじょく》や羞恥《しゅうち》や失望。様々な感情が入り混じったどろどろとした激情が腹の底から湧き上がってきた。

その中でも失望が一番大きかったかもしれない。

ただの気紛《きまぐ》れな遊びや、一人身がさみしかったから温《ぬく》もりを求めるような真似《まね》をしたわけじゃない。日高のように興味本位で男と寝《ね》てみたいと思ったことはないし、一人がさみしいというのなら、わざわざ未知の体験をしなくとも誰《だれ》かに一緒《いっしょ》に遊んでくれる女の子を紹介《しょうかい》してもらう。頼《たの》めばその日にでも紹介してくれる知り合いは身近にたくさんいるのだ。

真守が日高に抱かれた理由を、この男はまったくわかっていない。

この人には、やっぱり俺の気持ちは届いてなかったんだ——。

密《ひそ》かに抱《かか》えていた不安が的中してしまった。

やたらと皓介の名前を出していたが、彼と真守の間に一体何があると疑っているのだろう。どんな見当違《ちが》いだと目の前の男を盛大に笑い飛ばしたくなる。けれどその前に、胸が烈《はげ》しい痛みに襲《おそ》われて今にも張り裂《さ》けてしまいそうだった。

積み重ねてきた純粋《じゅんすい》な想《おも》いがぐちゃぐちゃに踏《ふ》みにじられた気分だ。

「――……っ」

薄闇の中、日高がじっとこちらを見つめているのがわかる。

震える唇《くちびる》を戒《いまし》めるようにぎりっと噛《か》み締《し》めた。

「俺だっていろいろ悩《なや》んで……こっちこそあんたに遊ばれたのかとも考えたし。大体あんたは、俺がどんな気持ちであんたに抱かれたと思ってたんだよ。遊び？　ふざけんなっ、俺は…っ、俺は本当にずっと――…っ」

唐突《とうとつ》にはっと我に返り、寸前で言葉を呑《の》み込んだ。最後の一言は、理性に感情を押し留《とど》められる。

一度息を吸って吐《は》き出し、昂《たか》ぶる感情の波をどうにか抑《おさ》え込んだ。

「――謝りませんから」

強い口調は、まるで自分のものとは思えないほど静かな車内に冷たく響《ひび》いた。

「それに、ウソをついたのはお互《たが》いさまでしょう。色気の欠片《かけら》もない生活だとかなんとか調子いいこと言っておきながら――そっちだって、俺には仕事だなんてウソをついて、智樹くんにまで口裏合わせるよう仕組んだんじゃないですか。自分のことは棚《たな》に上げておいて、俺だけ責

めら れる筋合いはない」

「――……」

濡《ぬ》れた下肢はすでに熱が引いていた。べたつく嫌《いや》な感触《かんしょく》を堪《こら》えておざなりに衣服を整えると、急いでシートベルトを外してドアを開ける。もう引き留める手は伸《の》びてこない。日高がどんな顔をしているのかもわからない。

「……失礼します」

足元に滑《すべ》り落ちていた鞄《かばん》を拾い上げて外に出た。

ばん、とドアの閉まる音が夜の静寂《せいじゃく》を一瞬《いっしゅん》だけ乱す。

その瞬間、真守の心の奥底でも何かが音を立てて閉じたような気がした。

閉め出されたように、涙腺《るいせん》からふつっと涙《なみだ》が盛り上がった。

5

翌日。もう訪《おとず》れるつもりのなかったマンションの前で、真守はある人物を待ち伏《ぶ》せていた。

腕時計《うでどけい》の時刻はちょうど午後三時を回ったところだ。

見慣れた景色も色を変え、秋の匂いが深まり始めた十月下旬。行き交《か》う人々の服装からもそれが窺《うかが》える。近所に神社があり、この位置からだとそこの銀杏《いちょう》の巨木《きょぼく》がよく見えた。初めてこのマンションを訪れた時にはまだ青かった銀杏の葉は、いつの間にか金色の扇《おうぎ》に移り変わっている。

澄んだ空に輝《かがや》く黄金の塊が眩《まばゆ》くて、思わず瞳《ひとみ》を眇《すが》めたところに、数十メートル先の角を曲がって小さな人影《ひとかげ》が現れた。待ち人の登場に、真守は壁《かべ》にもたれかけていた背中を起こす。

まだピカピカのランドセルを背負って歩いてくるのは智樹だ。だけど小さな頭の天辺《てっぺん》がこっちを向いているので、前方に立っている真守に気づいてはくれない。

下を向いて歩いていると危ないのに――。

子どもはよく、道端《みちばた》の小石を家まで蹴《け》って帰るとか、わざと歩《ほ》幅《はば》を狭《せば》めて歩くとか、自分で作ったルールに沿って遊ぶことがある。智樹の性格では少々意外だが、とはいえまだ彼も六歳だ。一つ年をとっても七歳。真守とは二十近くも違《ちが》う。

ゆっくりと歩く智樹が数メートルの距離《きょり》まで近寄って来るのを待って、真守は声をかけた。

「智樹くん」

途端、頭が弾《はじ》かれたように跳ね上がる。ただでさえ大きな瞳《ひとみ》が見る間にまるまるとなる。

「真守先生！」

叫ぶと、智樹は短い距離を全速力で駆《か》け寄ってきた。

「おっと」

腹部目掛《めが》けて突進《とっしん》してきた幼い身体《からだ》を受け止める。勢いがつきすぎて突《つ》っ込んできたのかと思ったら、そのままぎゅっと抱《だ》きついてきた。

「……智樹くん？」

「先生、今日はお仕事ないの？」

真守のシャツに顔を押し付けるようにして、智樹がくぐもった声で訊《き》いてくる。

背中にしがみつく両手に、胸が罪悪感に苛《さいな》まれる。甘えるというよりは、捉《つか》まえておかなければいけないというどこか必死さすら感じて、真守は困惑《こんわく》した。

今日は真守は公休を取っているので仕事は休みだ。本当は明日が休みだったのだが、早いうちから一日違いで休みを取っていた同僚《どうりょう》に頼み込んで代わってもらっていた。

離《はな》れようとしない智樹の頭頂を見下ろして、困った真守は少し逡巡《しゅんじゅん》してから告げる。

「あのさ、智樹くんに渡《わた》したいものがあるんだ」

明るく言って頭を撫《な》でてやると、ようやく彼は顔を上げてくれた。

目が合う。だけどいつもの元気さはなく、大きな瞳は不安げに揺《ゆ》れている。

初めて見る顔だ。智樹にこんな表情をさせてしまっている自分が情けなかった。その一方で、彼の中で真守の存在が思った以上に大きくなっているのだと知って嬉《うれ》しくなる。

保育園で毎日朝から晩まで顔を合わせていた一年間よりも、卒園してからのこの一月半《ひとつきはん》の方が、きっと智樹にとっては真守を身近に感じられたのだろう。真守だって同じ気持ちだ。

いろんなものがぐらぐらと揺らぎそうになって、真守はそれらを振り切るようにして慌《あわ》てて笑顔《えがお》を作った。

「これ。智樹くんにプレゼント」

肩《かた》に掛けていたショップバッグを差し出す。

「え？」と、意表をつかれた智樹が目をしばたたかせた。

「七歳の誕生日おめでとう」

反射的にそれを受け取った智樹がびっくりしたような顔をして真守を見上げてきた。

「なんだよ、そんな顔して。自分の誕生日、忘れちゃったか？」

「……ちが、うけど。でも、さっき真守先生を見て、うれしくて、ちょっと忘れてたから」

見つめていたプレゼントを、愛《いと》しそうにぎゅっと抱き締める。そんな智樹の態度から、真守がここに現れることは彼の中では半ば諦《あきら》めたものとされていたのだと知った。

ずきりと胸の奥が疼《うず》く。目の前でそんなかわいいことをされて胸が痛まないはずがない。

「あけていい？」

「どうぞ」

曇天《どんてん》が晴れ渡ったかのようにぱあっと顔を明るくした智樹が、バッグからいそいそと中身を取り出し丁寧《ていねい》に包みを開けていく。

現れたのは鮮《あざ》やかな黄色の子供用エプロン。智樹が歓声《かんせい》を上げた。

「いろいろ考えたんだけど、これが一番いいかなと思って」

「うん！　お父さんのエプロンは直してもやっぱり大きいし、今度のお年玉で買おうと思ってたから。その時には真守先生に一緒に選んでもらおうと思ってたんだよ」

「智樹くん、黄色好きだろ？　クリーム色みたいな薄《うす》い色じゃなくて、ヒマワリみたいな黄色。こういうのどうかなって思ったんだけど、気に入った？」

にっこり笑って大きく頷《うなず》く智樹を前に、また胸に刺《さ》すような痛みが走る。

本当は、これを智樹に渡すのは迷った。もう日高父子とこれ以上の関《かか》わりを持つことはやめるつもりだったし、今日もぎりぎりまで智樹に会うか会うまいか葛藤《かっとう》していたのだ。それなのに結局、形に残るものを持ってこうやってのこのこやって来てしまった自分の心理が、自分でもよく理解できなかった。

渡せばきっと智樹は喜んでくれるだろう。その顔を見たかったのかもしれない。

だけど渡したその後のことを考えると気が重い。

「真守先生、ありがとう！　ずっと大切にするから」

「よかった。喜んでもらえて」

無理やり笑って頭を撫でてやると、智樹が真守の上着の裾《すそ》を控《ひか》えめに引きながら嬉々《きき》とした声で告げてきた。

「これから買い物に行く？　あのね、今日はお父さん早く帰ってくるって。それとね、この前新しいコーヒーメーカーを買いに行ってね、真守先生と一緒《いっしょ》に……」

「あのさ、智樹くん」

それを、内心の動揺《どうよう》を面《おもて》に出さないようなるべく普通《ふつう》の声音《こわね》を装ってやんわりと遮《さえぎ》る。智樹の言葉から、真守が読んだ通り今日は彼と日高の二人で過ごす予定なのだろう。日曜に例の女性と会っていたことを考えれば、当日の今日は彼女の方が忙《いそが》しいのかもしれない。そして当たり前のように真守を誘《さそ》う智樹の行動は、まだここに誰《だれ》も出入りしてない証《あかし》だと思いたかった。

もう、終わりにするんじゃなかったのかよ――。

無意識に日高父子の生活環境《かんきょう》を探《さぐ》ろうとしている自分の思考にいい加減うんざりする。

くるりと丸い瞳が「ん？」と楽しそうに見上げてきた。断られるなんて考えていない目だ。罪悪感に疼く胸を誤魔《ごま》化《か》しながら、真守は見つめ返して申し訳なさそうな表情を意識する。

「ごめん、この後まだ仕事があるんだ。保育園に戻《もど》らなきゃ」

さっ、と一瞬《いっしゅん》にして愛らしい顔が曇《くも》るのがわかった。

「……でも、今日はお休みなんじゃないの？　まだ保育園、終わってない時間なのに、真守先生ここにいるし」

「うん。だけどこれから、いつものお仕事とは別にやらないといけないことがたくさんあってさ。ほら、ハロウィンパーティー、もう来週だから」

「……そっか。ハロウィンが、あるもん…ね」

言いながら、しゅんと頭が下がる。ここで引いてしまうところがいかにも智樹らしい。子ども特有の駄々《だだ》を捏《こ》ねることのない聞き分けのよさは、いい子のように見えて、前々から思っていた智樹の欠点でもある。だけどあからさまに項垂《うなだ》れる姿までは、まだ上手《うま》く取り繕《つくろ》えないようだった。ここで笑ってみせるような真似《まね》をされなかったことに、真守は心底ほっとする。そんな安堵《あんど》は、ただのエゴでしかないとわかっているのだけれど。

「あ、それと。これ、ケーキ作ったから食べて。小さめだけどちゃんと丸いケーキだから、よかったらユータくんも誘って」

脇《わき》の植え込みに置いていた紙袋《かみぶくろ》を渡す。一緒に凄腕《すごうで》調理師からレシピを聞き出して、簡単につまめるパーティー料理も作って入れておいた。

「……ありがとう」

礼を言って受け取った智樹は、だけど目を合わせてはくれない。じっと両手に抱《かか》えたプレゼントとケーキの紙袋を見ている。

やっぱり、来るべきじゃなかったな——。

今更《いまさら》ながら後悔《こうかい》した。小さな頭を撫でてやろうとしたが、どうしても手が動かなかった。

「真守先生、今度のハロウィンは何をやるの？」

僅《わず》かの沈黙《ちんもく》ののち、下方からぽつりと声が聞こえてきて、真守は救われたようにほっと胸を撫で下ろす。

智樹が言っているのはハロウィンパーティーでの仮装のことだ。

「今年は神主《かんぬし》さん。ほら、神社で御祓《おはら》いをしてくれる人。わかる？　うーん、平安貴族……去年の俺の恰好《かっこう》覚えてる？　着物みたいなあんな感じの恰好でさ、まだ見てないけど、たぶんあれとあまり変わらないかな」

「覚えてるよ。真守先生、カッコよかったもん。お父さんもそう言ってた」

「……そっか。ありがと」

不意打ちにぐらりと心臓を揺さぶられて、笑顔がぎこちなくひきつる。

「見たいな。真守先生のカンヌシさん」

ぱっと俯《うつむ》いていた顔を上げて、智樹が真守を見上げてきた。

「写真に撮《と》ってきてくれる？」

「写真？　ああ、写真ならいろんな人が撮ると思うけど」

イベント時には園側でもカメラマンを呼んであるので後日言えば見せてもらえるし、それとは別に、保護者が子どもと一緒に写っている写真をついでに焼き増ししてくれるはずだ。

「今度見せてね。約束だよ」

シャツの裾を摑《つか》んで言われて、真守は内心狼狽《うろた》えた。『約束』とは、つまり次も会うということだ。曖昧《あいまい》な笑みを返すしかなくて、それがまた情けない。

「お父さんと一緒に待ってるから」

「……………」

お父さんの方はもう、待ってはいないんじゃないか――？

純粋《じゅんすい》な言葉に対して、つい浮《う》かんでしまった卑屈《ひくつ》な考えに我ながら嫌気が差す。

「それに…それにねっ、真守先生にもプレゼントがあるんだよ」

「プレゼント？」

焦《あせ》ったような物言いと必死に見上げてくる眼差《まなざ》しに、真守は内心できつく眉《まゆ》をひそめた。子どもにこんな表情をさせたくはないのに――心とは裏腹に、真守は笑い、冗談《じょうだん》交じりに切り返す。

「どうしたの？　俺の誕生日はまだ先だよ」

ちがう、と智樹が強く首を振《ふ》った。真っ直《す》ぐに見つめてくる真剣《しんけん》な顔に思わず笑みを引く。

「誕生日のプレゼントじゃないよ。僕が真守先生にあげたいからだよ。お父さんが言ってたんだ。『あげたいと思ったらあげればいいんだ』って。お父さんも真守先生にあげたいからって一緒に選んだんだよ。いつまでもお客さまはイヤだから、これからはちゃんと真守先生専用のものを使ってもらおうって……っ」

ごとん、とその時足元で鈍《にぶ》い音がした。興奮気味の智樹の手から紙袋が滑《すべ》り落ちたのだ。いつの間にか彼の両手は、黄色のエプロンと一緒に真守のシャツの裾を握《にぎ》り締《し》めている。

「あ……ごめんなさい」

慌《あわ》てて智樹がしゃがみ込んだ。袋《ふくろ》を片手でぎこちなく拾い上げるのは、もう一方の手がまだシャツを摑んだままだからだ。まるでこの手を離《はな》せば真守が逃《に》げてしまうとでも思っているかのように。幼い手が白くなるまで強く握り締められているのを見れば、勝手に身体《からだ》が動く。

その小さな頭に、真守は堪《たま》らず手を伸《の》ばして愛《いと》おしむように撫《な》でていた。

はっとしたように視線を跳《は》ね上げた智樹が、次の瞬間《しゅんかん》、どこかほっとしたような顔をしてみせる。少しの間の後、ようやく落ち着いたのか、摑んでいたシャツからも手を離した。

「真守先生、お仕事がんばってね。僕もお父さんも、先生が来るの、待ってるから」

そう最後に告げた智樹は笑顔《えがお》だった。何度も振り返って手を振りながら、マンションのエントランスに消えていく後ろ姿を見送って、真守は深々と溜《た》め息を落とす。

子どもは恐《こわ》い。

あの小さな身体に大人にはないナニカを確実に持っている。

そのナニカで、たぶん智樹は真守の微妙《びみょう》な心情の変化に気づいたのだろう。だから手を離してくれたのだ。安心してくれたのだ。

「……だって、あんなこと言われたら、勘違《かんちが》いもするだろ」

智樹の『安心』はある意味外れてはいなかった。現に真守の心はひどくぐらついている。

――僕が真守先生にあげたいからだよ
――お父さんも真守先生にあげたいからって一緒に選んだんだ。いつまでもお客さまはイヤだから、これからはちゃんと真守先生専用のものを使ってもらおうって
智樹は興奮のあまり口《くち》を滑らせたけれど、肝心《かんじん》のプレゼントの正体はわからないままだ。だけどその言い方ではまるで、智樹はもちろん、日高にもずっとこの先も真守がそこにいてもい

いのだと言われているみたいではないか――。

急にいろいろなことが頭をめぐって、何がなんだかわからなくなった。

無意識に愛用している鞄《かばん》のポケットを探っていた自分に気づけば、混乱は益々《ますます》深まる。

ずっと持ち歩いていたハンカチは失くしてしまった。だけど、あのハンカチと共に諦《あきら》めようと思っていた想《おも》いは、やっぱりそう簡単には捨てられない。

そう思う反面、日高の行動の意味や気持ちが上手く摑めなくて恐くなる。智樹の言葉を鵜呑《うの》みにすれば真守だけまた勘違いしてしまいそうで、自分から踏《ふ》み出すだけの勇気が持てない。

「――…っ」

少し、頭の中身を整理する時間が必要だった。

✚　✚　✚

「――なんで？」

思わず訊《たず》ねた真守の隣《となり》から、「何が？」と皓介がちらと流し目を寄越《よこ》した。

「何が、じゃねえよ。飯に付き合えって言うから出て来てみれば……ここ、なに？」

真守は目の前にそびえ立つ建物を訝《いぶか》しげに見上げる。皓介が呆れ口調で告げた全世界何十カ国にも亘《わた》って展開する有名な名前は、一年前に日本初進出として話題になったホテルだ。

「それくらい聞かなくても知ってるよ。俺が訊《き》きたいのは、何で飯食うのにこんなところまで来たのかってこと。いつもの店でいいだろ」

皓介から電話が掛《か》かってきたのは、休日のもう夕方になろうかという頃《ころ》だった。

先週付き合わせたお返しとばかりに今度は呼び出されて待ち合わせ場所に行ってみれば、いきなりタクシーに乗せられた。そうして降ろされたのは高級ホテルのエントランスだ。たまたまジャケットにコーデュロイパンツを合わせていたからまだよかったようなものの、もっとラフな恰好をしていたらどうするつもりだったのだろうか。皓介は最初からそのつもりだったのだろうから、しれっとした顔できちんとそれなりの恰好をしているところがまた腹が立つ。

光のカーテンのようなシャンデリアが高い天井《てんじょう》から垂れ下がる開放的なエントランスを歩きながら、皓介が言った。

「知り合いにここのレストランのお食事券をもらったんだよ。せっかくだし、使わないともったいないだろ」

「お食事券？　じゃあタダなのか？　つーか、お前もさ。そんなイイモンもらったならもっと他《ほか》を誘《さそ》ったらいいのに」

「例えば？」

「せっかくの日曜なのにデートの相手もいないのかよ。お前昨日は公休だったし二連休だろ。てっきり誰かとどっかに出かけたんだと思ってたよ。土産《みやげ》期待してたのに」

「そっくりそのままお前に返すよ。お前だって今日一日休みなのに家にいたんだから、どうせ暇《ひま》してたんだろ？」

「一緒《いっしょ》にすんな。いろいろ考え事してて忙《いそが》しかったんだ」

「考え事ねえ」と、皓介が何か物言いたげな視線を寄越すのがわかったけれど、気づかないフリを決め込む。

「レストランって何系？」

「イタリアン。お前好きだろ。お前が好きそうなの、いろいろお薦《すす》め教えてもらってきたし」

「……何、お前。なんか気持ち悪いよ？　どうしたんだよ」

「お前がそうさせてるんだろ」

ゆるゆると隣を見やると、ブラックのセルフレームの奥で涼《すず》しげな目元が僅《わず》かに細められた。

真守は内心で溜め息をつく。

「普通《ふつう》にしてたつもりだったんだけど。そんなに変だった？」

「まあ、俺が気づく程度には」

「……そっか。悪い」

この一週間を振り返って、反省する。表面上はいつも通りにしていたつもりだったし、仕事中も同僚《どうりょう》に指摘《してき》されるような失敗はなかった。だけど精神的に相当まいっていたのは事実だ。柄《がら》にもなく頭を使って悩《なや》んだ割には、未《いま》だにどうしたらいいのか答えを弾《はじ》き出せない。

智樹には一昨日《おととい》会った時、しばらく会えないと伝えておいた。

しばらくが一体どのくらいの時間になるのか、それは真守自身にも見当がつかない。けれど、いつまでもこのままではいけないとはわかっている。

智樹の誕生日のあの日、日高の携帯《けいたい》から真守の携帯に着信が入った。だけど出なかった。メールも受信したけれど、あれから数日経《た》った今もまだ一通も開いていない。

昨日今日と、真守の携帯には日高からの履歴《りれき》が着実に積み重なっている。電話は昼、夜の二度。メールはその間に数通。声を残すような設定はしないようにしていたから、時間を置いて名前だけがどんどん増えてゆく。

正直な話、日高に面倒《めんどう》くさいと、愛想《あいそ》をつかされて切られたわけではないのだとわかって、嬉《うれ》しかったのだ。一度だけではなく、何度も連絡《れんらく》を取ろうとしてくれているのも嬉しい。それなのに電話に出ないのは、決して彼を試《ため》そうとしているわけではなかった。ただ、出られないのだ。通話ボタンを押せない自分に苛々《いらいら》するのに、携帯をじっと睨《にら》みながら固まってしまうという体《てい》たらく。

結局、日高の『話』というのは、本当は何だったのか。

あれですべてだったのかもしれないし、実はあの後に本題が待っていたのかもしれない。中途半端《ちゅうとはんぱ》に逃《に》げ出した身としては、そしてその翌日に智樹と会った時の事を思い返すと、真守が逆に日高に問いただしたいと思う気持ちもあった。

いつまでも、震《ふる》える携帯を前に情けなく硬直《こうちょく》し続けるわけにはいかない。

そろそろ真守の脳も飽和《ほうわ》状態で、これ以上悩み続けるのも限界だった。

せっかく向こうが話す機会を与《あた》えてくれているのに、こっちが拒絶《きょぜつ》していたら意味がないのだ。携帯が震えなくなったら、今度こそ本当に終わりなのだから。

昼の電話は出なかった。次はきっと夜、八時半を過ぎた頃にかかってくる。――かかってきて欲しい。

「旨《うま》いもんたらふく食って、来週からはちゃんと復活する」

「そうしてくれ。まあ、話ぐらいは聞くぞ。個室を予約してある」

聞くだけだけど、と素っ気無く付け加えられて、思わず笑ってしまった。

ありがたい。話を聞いてもらおうと思うと少し気が楽になった。一人で悩むから思考はぐるぐるループして出口を見失う。この男は言葉通り、黙《だま》って真守の話を最後まで聞いてくれるだろう。聞き終えて、お前バカじゃないか――なんて笑い飛ばしてでもくれたら、いっそすっきりしそうだ。

「じゃあ、お言葉に甘えて。途中《とちゅう》で逃げ出すなよ」

「やけ食いと絡《から》み酒はやめてくれ」

皓介が本気で迷惑《めいわく》そうな顔をしてみせたところで、どこかから虫が飛ぶような微《かす》かな音が聞こえてきた。はっとして、反射的にパンツのポケットに手を伸《の》ばす。

「……皓介、携帯鳴ってる」

自分のではないとわかって内心がっかりしながら、ほとんど反応しなかった皓介に代わって教えてやる。皓介がぎょっとした顔をした。

「お前、耳いいな」

この喧騒《けんそう》の中、と言いたいのだろうか。確かにロビーは人の出入りも多くて静かとは言いがたい。真守はひっそり自嘲《じちょう》する。この耳はここ数日で携帯のバイブ音には自分でも驚《おどろ》くほど敏《びん》感《かん》になっていた。

「たまたま聞こえただけ。出なくていいのかよ」

「ああ、メールだろ。もう切れた。真守、あっち」

皓介は携帯を取り出すことなく、真守に奥まった先に僅かに見えるエレベーターホールを目線で指し示してくる。

「こっちのエレベーターでいいだろ。わざわざ向こうまで行かなくても」

「向こうの方がレストランに近い。って、さっき書いてあった」

「あ、そ」

他愛《たあい》もない会話をしながら、レセプション・カウンターの先を曲がってすぐ見つけたエレベーターを横目に、奥のエレベーターホールに向かう。

三基あるエレベーターホールは無人で、皓介が右側の箱のボタンを押した。

「ここってチャペルもあるんだな」

壁《かべ》の広告を眺《なが》めながら何気なく話す皓介の言葉に、一瞬《いっしゅん》ぴくりと反応する。

「……へえ」

「今度、従兄弟《いとこ》が結婚《けっこん》するんだよ」

「へえ、そうなんだ。え、ここで？」

「いや地元。そういや、お前の親戚《しんせき》はどうだった？　誕生日プレゼント、喜んでもらえたか」

「あー…うん。プレゼント自体は気に入ってくれたとは思う」

「なんだその微妙《びみょう》な言い回しは」

「あ、来たぞ」

上品な機械音がしてエレベーターが到着《とうちゃく》する。僅かのタイムラグの後、静かにドアが開く。

――次の瞬間《しゅんかん》、全身が音を立てて凍結《とうけつ》した。

開いたドアの向こうに立っていたのは、どんな偶然《ぐうぜん》か日高と先日見かけたあの女性だった。

「あれ？　日高さん」

皓介の声に、真守は耳からゆっくりと解凍《かいとう》されていくものの、目は茫然《ぼうぜん》と見開いたままだ。

皓介にも見えているということは、目の前の光景は脳が見せた幻覚《げんかく》などではなく本物。日高もこちらを凝視《ぎょうし》している。皓介の声に何も反応しないところを見ると、おそらく彼も真守と同じ心境なのだろう。

何で、こんなところで――？

けれど日高の隣《となり》にいる彼女の存在を思い出せば、途端《とたん》に苦い気持ちになった。ここはホテルだ。この前は二人の間にいた智樹が今日はいない。嫌《いや》な予感にぐらりと目の前が昏《くら》く揺《ゆ》らぐ。

耳朶《じだ》に、追い討《う》ちをかけるように軽《かろ》やかなソプラノが叩《たた》きつけられた。

「あら、お知り合い？」

「あ？　あ、ああ……」

はっとしたように日高が微かに身震《みぶる》いをした。一度隣の女性を見やり、またすぐに真守に向き直る。いつもの彼を取り戻《もど》したのだろう、先ほどまでの不自然なぎこちなさは取れたが、今度はその表情が露骨《ろこつ》に不機嫌《ふきげん》だ。真守だけをじっと睨むように見つめてくる。

何で、そんな目で見るんだ――。

ひどくいたたまれない気分になって、思わず一歩後退《あとずさ》った。その瞬間、視界の端《はし》に不思議そうにこちらを見ている彼女の顔が映り込む。さあっ、と血の気が引いた。

「どうも。先日もお会いしましたけど、こんなところで会うなんて奇遇《きぐう》ですね……おい」

「…っ」

小声で咎《とが》められて、真守はびくっと我に返る。無意識に踵《きびす》を返しかける寸前で、皓介に手首を後ろ手に摑《つか》まれていた。「どこに行く気だ」と、背中越《ご》しにひそめた声で言われて、摑んだ手をぐっと引き寄せられる。見慣れた親友の広い背中が目の前に迫《せま》った、その時。

唐突《とうとつ》に横から伸びてきたスーツの腕《うで》が突然《とつぜん》視界を遮《さえぎ》った。

「俺には声も聞かせてくれなかったのに、皓介先生の呼び出しには応じるんですね」

「――――!」

日高が真守の手首から皓介の手をまるで忌々《いまいま》しいもののように乱暴に剝《は》ぎ取る。かと思うと、彼はそのまま奪《うば》い取るかのようにして真守の身体《からだ》を強引《ごういん》に自分の方へ引き寄せた。

次の瞬間には日高の腕に抱《だ》き込まれていて――わけのわからない真守は、呼吸の仕方を忘れて危《あや》うく窒息《ちっそく》するかと思ったほどだ。

何が起こったのかすぐには理解できなかった。ぽかんとなる三人に対し、ただ一人日高が真守の肩《かた》を抱き、平然と言い放つ。

「貴子《たかこ》、この人が以前から話していた俺たちが世話になっている人だ。智樹もよく懐《なつ》いているし、かわいがってもらっている」

「………あら。そうなの？　あなたの話を聞いて私、てっきり女性かと思っていたわ」

「いや、この通り男性だ。実は——…智樹が通っていた保育園の保育士さんだ」

「保育士さん……ああ！　なんだ、だったら安心ね。あの子が懐くのも納得《なっとく》」

あなたに似て気難しい子だから。と彼女がにっこりと笑う。

「だから俺たちのことは心配いらない。幸せにやってる。お前も気兼《きが》ねなくアメリカに行って好きなことを存分にやってくれ。これは智樹も同じ意見だ」

「元旦那《だんな》と実の息子《むすこ》にそうはっきりと言われると、それはそれでなんだかさみしいんだけど」

「——…っ⁉」

彼女のあっけらかんとした言葉に、真守は思わず自分の耳を疑った。

一体、何の話だ。どういうことだ——？

真守は咄嗟《とっさ》に皓介を見た。目が合った彼はどうしてかふいと視線を下方に落とす。不安に思って戸惑《とまど》っていると、ふとその肩が震えていることに気づいた。

こいつ、笑ってる——？

ますますわけがわからなくなる真守の頭上で、日高が溜《た》め息混じりに言う。

「何を言ってるんだ。これで心置きなく大好きな仕事に没頭《ぼっとう》できるだろうが。真守先生」

いきなり呼ばれて、肩を抱かれたままの真守は弾《はじ》かれたように振《ふ》り仰《あお》いだ。間近で目の合った日高が少しバツの悪い顔で告げてくる。

「彼女が智樹の母親の貴子です。おそらく顔だけは先週の日曜に見かけていると思いますが」

「…………」

日高の言葉に、彼を凝視しながらワンテンポ遅《おく》れて、真守の脳内でちりばめられていた点と点が急速に線でつながっていく。

「智樹くんの、お母さん？」

「はじめまして、真守先生」

エレベーターの箱の中に一人残っていた彼女がにっこりと微笑《ほほえ》んで会釈《えしやく》した。

「智樹の母の貴子です。真守先生にはずっと前から一度お会いしてみたかったんですよ」

実物の方がステキ。と笑顔《えがお》で意味深なことを言う彼女に、日高が怪訝《けげん》そうな眼差《まなざ》しを向ける。貴子が呆《あき》れたとばかりに柳眉《りゆうび》を寄せて、艶《つや》やかな唇《くちびる》を引き上げてみせた。

「智樹が保育園で撮《と》った写真を見せてくれて、いろいろ教えてくれてたじゃない。皓介先生は『こあらぐみ』の時の先生。『くまぐみ』は真守先生。特に真守先生の名前はたくさん出てきたので、よく覚えてるんですよ。だから私の方は、はじめましてって気がしないんです」

唖然《あぜん》となる真守を真っ直《す》ぐに見つめる。

「まさかこんなところでとは思わなかったので、先生にお会いできて本当に嬉《うれ》しいんですよ。それとも、偶然じゃなかったのかしら？」

ちら、と彼女が日高に目線を送った。日高の小さく息をつく気配。貴子がくすりと笑う。

「日高からは以前お世話になっていた方に偶然再会したって聞いていたんですけど、先生の御《ご》厚意に甘えて、日高と智樹が御迷惑《めいわく》をかけていませんか？」

おもむろに水を向けられて、真守は慌《あわ》てて首を横に振った。

「——そ、そんなことは全然っ。お…、私の方こそお二人には随分《ずいぶん》と甘えてしまって、迷惑をかけているのはむしろこちら……」

「迷惑なわけがないでしょう」

先を遮るようにして少しむっとした日高の声が降ってくる。ぎょっとして慌てふためく真守をおもしろそうに見やりながら、貴子も何やら感慨《かんがい》深げに頷《うなず》く。

「そうよね。迷惑であるはずがないわよね。この人の話を聞いていればそれくらいわかりますよ、先生」

「っ！」

かっと意味もなく顔が熱くなった。日高に抱きこまれたまま赤面する真守を横目に、それまで高みの見物を決め込んでいた皓介が、一人くっくと喉《のど》を鳴らしてエレベーターに乗り込む。

「日高さん。この後、貴子さんをお誘《さそ》いしてもよろしいでしょうか？」

「私の方の用件は終わりましたから。あとは彼女に訊《き》いて下さい。真守先生は置いていってもらいますが」

日高の言葉に頷いてみせて、それではと皓介が貴子に向き直る。

「この後ご予定がないのなら、食事にお付き合い頂けませんか？　ここの上のレストランなんですが、近々アメリカに行かれるということで、餞別《せんべつ》に」

胡散臭《うさんくさ》い微笑みに、貴子が「あら」と頬《ほお》をぽっと赤らめた。

「あ、そうそう、真守先生。新しいコーヒーメーカーの味はどうでした？」

ふと思い出したように貴子が向き直って楽しげに微笑んできた。真守はきょとんとなる。

「飲ませてあげたい人がいるって、まさか七歳の息子の誕生日プレゼントにコーヒーメーカーをねだられるとは思ってもみなかったですよ。どんな悪いオネエサンに引っかかったのかと心配したんですけど、今はっきりしました。あれは真守先生のことだったんですね。安心したところです。なんせほら、息子の初恋《はつこい》の相手ですから」

「おい、変な言い方をするな」

日高の不機嫌声が割って入る。くすくすと笑っていた貴子が、不意に笑みを消して真面目《まじめ》な顔をした。

「真守先生。私が言うのもなんですが、もし御迷惑じゃなければ、これからも二人と仲良くしてやってもらえませんか。よろしくお願いします」

「えっ、あ、え？　あ、あの…っ」

突然頭を下げられるから、真守はひどく動揺《どうよう》した。慌ててつられるようにして頭を下げて、すると別の声が聞こえてくる。

「日高さん、俺からもよろしくお願いします。ふつつかな奴《やつ》ですが」

「皓介っ⁉」

「こちらこそ」

「ひ、日高さんっ」

けれどまさかの日高までもが頭を下げたことで、真守は完全に言葉を失ってしまった。

「ああ、日高さん。この券は貴子さんと遠慮《えんりょ》なく使わせていただきます。じゃあな、真守」

「…………」

「どうぞ、元々そのつもりでしたから。皓介先生、今日はどうもありがとうございました」

「いえ。あとそいつ、最近どうも情緒《じょうちょ》不安定気味なので、話を聞いてやって下さい」

「ええ、じっくりと」

皓介がふと真守を見て、にやりと人の悪い笑みを寄越《よこ》した。唖然となる真守の目の前で、二人を乗せたエレベーターが閉まる。

嵐《あらし》の後のような静寂《せいじゃく》。

突然、日高がくっくと喉元《のどもと》で笑い出した。

「……俺は、担《かつ》がれたんですか」

担がれた——最後の日高と皓介の会話で、ようやくこの二人がつながっていたのだと知る。おそらく貴子も真守が皓介にそうだったのと同様、日高に呼び出された口だろう。

日高が笑いを止めて、こちらを向いた。

「仕方ないでしょう。あなたは俺の電話には一度も出てくれなかった。メールも返してもらえない。本当は時間を見計らって昨日もあなたに会いに行こうとしたんですが、その前に昼間偶《ぐう》然《ぜん》、皓介先生にお会いしたもんですから。皓介先生は、昨日はお休みだったようですね」

真守がどうしてもその前日に公休を取りたかったため、彼と一日違《ちが》いの休みを代わってもらったからだ。昨日は土曜日。日高も仕事は休みだ。

自分の知らないところで二人が会っていたのだと思うと、どこか複雑な気分になる。

「貴子さんまで連れ出して、一体何がしたいんですか」

「それを訊きますか？　彼女を今日呼び出したのは、彼女の正体をあなたにきちんと知ってもらいたかったからです。とんでもない誤解をされていたようなので」

再婚《さいこん》もありませんよ。と日高が付け加えて、その瞬間《しゅんかん》、かあっと顔が熱くなった。

みっともない嫉妬《しっと》を、見透《みす》かされている。

「誤解と言えば、俺も人のことは言えませんが」

すっ、とその時、赤面した真守の前に突然《とつぜん》何かが差し出された。強烈《きょうれつ》な既視感《きしかん》と驚《おどろ》きに一瞬絶句する。

「――これっ」

目の前に差し出されたのは藍色《あいいろ》のハンカチだった。驚かないわけがない。桜の透《す》かし模様は間《ま》違《ちが》いない、真守が先日失《な》くしてしまったはずの日高のものだ。

「あの日、カフェであなたたちを見かけたのは、もう席を立ち上がろうとしていた時でした。まさか、あなたも俺たちのことに気付いていたとは思わなかった。あの時、遠目にあなたの姿を見つけて、本当はこちらの席で一緒《いっしょ》にどうかと誘おうかと思ったんです。智樹はもちろん、貴子はご存知の通り、あの性格です。だけど、休日のカフェで皓介先生と二人きり、というのが引っかかった」

「…………」

「出て行くときの雰囲気《ふんいき》が少しおかしかったので、気になって追いかけました。その時に、このハンカチが置き忘れてあったのを見つけたんです。もとは自分の物ですからね、見間違《みまちが》えるはずがない。それにこれは──卒園式の日に、最後にあなたに渡《わた》した物で、俺にも想《おも》い出深い物でしたから」

日高が手元の藍色に懐《なつ》かしげな眼差しを落とす。

「正直、これを見つけたときはすごく嬉しくて、年甲斐《としがい》もなくいろいろと期待しました。だけど、急いで追いかけて外に出てみれば、あなたは皓介先生と──…」

そこで突然言葉を切った。

何でそんな微妙《びみょう》なところでやめるんだ──。

真守は至極《しごく》不本意な思いで答える。

「あれは、俺も日高さんたちが三人で楽しそうにしているのを見てしまって……しかも嘘《うそ》をつかれてたし……いろいろ情緒不安定になっていた俺をあいつが宥《なだ》めてくれていただけです」

「そのようですね。皓介先生からもその時の話は聞きました。俺も嘘をつく必要はなかったんですが、たった一日のことで、しかも彼女は来月からアメリカに行くことが決まっています。

あなたに話してかえって余計な誤解をされては困ると思って、黙《だま》っていました」

すみません。と先に日高に真摯《しんし》に謝られれば、真守はもういいと首を振《ふ》るしかない。

「だけどそれが裏目に出て、あなたに避《さ》けられ続けたこの一週間はまるで生きた心地《ここち》がしなかった」

「……すみません」

今度は真守が頭を下げる番だ。誤解の連続で、冷静になって思い返してみると、自分たちのしていたことは何て幼稚《ようち》なのかと思う。

「俺の方こそ、皓介先生とあなたの仲を疑ってひどいことを言いました。申し訳ない」

そう言って心底申し訳なさそうに歪《ゆが》めた日高の口元には、痛々しい痣《あざ》が浮《う》いていて、真守にも先日の車中での出来事を思い出させた。

「まったくですよ。……なんて、俺も人のこと言えませんけど」

真守も日高と貴子の仲を誤解したのだ。

考えてみれば、智樹と貴子のあの雰囲気ではそれが一番しっくりくる答えだったのに、何でそこに結びつかなかったのかと不思議になる。とはいえ、気付いていたらいたで、その時はまた別問題で悩《なや》んでいそうだけれど。

表情を強張《こわば》らせていた日高がようやく微《かす》かな笑《え》みを浮かべる。

「恋愛《れんあい》なんて俺にとっては久しぶりですから、つい悪い方に想像力が逞《たくま》しくなってしまって。実はこのハンカチも忘れたんじゃなくて、わざと置き捨てて行ったのかもしれない、と」

「そんなわけないじゃないですか。失くしたって気づいてから、俺は探し回ったのに」

あの後すぐに日高の手に渡っていたのなら、店員の目にも触《ふ》れていなくて当たり前だった。

「俺は——自分でも自覚しているほど、面倒《めんどう》くさい男なんですよ」

どこか自嘲《じちょう》気味に言って、日高が真守を見つめた。

「恋愛には淡白《たんぱく》な方だと思っていたのに、実際にはあなたが仕事場で若くてカッコいい同僚《どうりょう》たちと一緒にいるところを想像してはイライラするし、皓介先生に関してははらわたが煮《に》えくり返るほどに嫉妬をしました。実の息子《むすこ》にまであまりにあなたを独占《どくせん》されると機嫌《きげん》が悪くなるくらいです」

つ、とバツが悪そうに男らしい眉《まゆ》が寄る。直後、真守の頬を日高の指先が触れた。

頬から流れ込む少し低めの体温。鼓膜《こまく》を内側から叩《たた》くかのように鼓動《こどう》がうるさく鳴り響《ひび》く。

全身の血液がわっと滾《たぎ》り、頭に上って、急激に顔がかあっと熱くなる。

低い声音《こわね》が、どこか苦しげに静かに言葉をつないだ。

「本当は毎日顔が見たいし、声が聞きたいんですよ。触れたいし、抱《だ》き締めたい。……だけど、そんな俺の欲望を一方的に押し付けたら、あなたは困るでしょう？　せっかくまた会えて今度こそはと決めたのに、あなたに嫌《きら》われてしまったら、俺はきっともう立ち直れなくなる」

情けない男です。日高の声に、真守は無意識に首を振っていた。無言で何度も振る。

そんなことない。頼《たの》むから、そんなに自分を卑下《ひげ》するなよ——。

だって、日高の心の内を知って、自分はこんなにも悦《よろこ》んでいるのだから。

それを済まなそうに言われると、本当は日高にそうしてほしいと望んでいた真守の気持ちまで否定されているようで悲しい。

毎日顔が見たいし、声が聞きたい。触れたいし、いっぱい抱き合いたい——。

だけどその前に大事なことを、自分たちは忘れている。

「俺たち、慎重《しんちょう》になりすぎたわりには、一番大事な事をすっとばしてましたよね。今考えると、それさえ確認《かくにん》し合ってたら、お互《たが》いバカみたいにいらない心配して、ぐるぐる悩まなくてもよかったんですよ」

——知ってもらいたいことは、きちんと声に出して伝えないとわかってもらえないからね

いつも真守が園児たちに言って聞かせていることだった。

大人だからといって、言葉がなくても通じると思うのは大間違いだ。

俺も、本当はけっこう不器用だったんだな——。

簡単だと子どもたちに教えていたことは、実は意外と難しくて、たった一言足りなかったせいでこんなにも拗《ねじ》れてしまうことになるのだと、今更《いまさら》のように知る。

「そうですね。俺も後になって散々後悔《こうかい》しました。時間が経《た》つと、今度は確かめるのが恐《こわ》くなる。あなたは今まで通りで何も変わらないし、自分だけが勘違《かんちが》いして舞《ま》い上がっているのではないかと思って」

「それは俺も同じです」

目が合って、お互い笑ってしまう。

本当に、いい大人なのにおかしいくらいにいろいろなものが逆戻《ぎゃくもど》りしてしまったみたいだ。

低く喉《のど》を鳴らしていた日高が、ふっと笑みを消して真守を見下ろしてきた。

「あなたにずっと伝えたかった言葉があります。聞いてもらえますか?」

改まった言葉に、少し顔が赤らむのがわかる。はにかむように微笑《ほほえ》むと、同じく日高も微笑んでゆっくりと噛み締めるように続けた。

「あなたが好きです」

シンプルな言葉が、甘くとろける甘露《かんろ》のように耳朶《じだ》にそっと落ちてくる。

「――俺も、日高さんのことが大好きです」

言葉以上に甘い、甘いキスが降ってきた。


「……んっ、待って、日高さ…智樹くん、は……?」

マンションの部屋についていきなり、咬《か》みつかれるようにして口づけられた。烈《はげ》しい口づけに息を荒《あら》げながら、部屋の暗さにほっとしつつ疑問に思う。

「今日はユータくんちにお泊《と》まりです。むこうの家族にも気に入ってもらえたのか、朝から一緒に水族館に連れて行ってもらって、今夜はそのまま。明日は一緒に登校するんだそうです」

会話の合間にも啄《つい》ばむように唇《くちびる》を何度も奪《うば》われる。

「明日、智樹に会ったらいろいろ話を聞いてやってくれませんか。俺はこの一週間コーヒーも飲ませてもらえないし、ケーキも食べさせてもらえなかった。誕生日に家に帰ると、あいつがリビングで一人、あなたからもらったエプロンを着けてケーキを抱《かか》えて黙々《もくもく》と食べていたんです。それも泣きながら。結局あのケーキは二日に分けて智樹が一人で食べきりました」

今までで一番記憶《きおく》に残る誕生日だと、日高が苦笑《くしょう》した。

一方、真守はその時の智樹を想像して自分の不甲斐《ふがい》なさを猛省《もうせい》する。一生に一度の七歳の誕生日を真守が台無しにしてしまったのだと思うと悔《く》やんでも悔やみきれない。

「智樹くん、泣いてたんですか」

「まあ、あの時は。でもさっき電話をしたら、声を上げて喜んでいましたよ。明日は学校に行く前に一度帰ってくるかもしれないな。今日はどんなことをしても真守先生を捉《つか》まえておいて、って頼まれたから」

頼まれなくとも帰さないですけれどね、とやわらかく耳殻《じかく》を食《は》まれて、真守はかあっと顔が熱くなるのを感じる。智樹相手に一体どんな話をしたのだ。

「だから、今は智樹のことよりも俺のことを考えてください。言ったでしょう？　俺は実の息子にも嫉妬《しっと》するくらいですから、あまり智樹智樹と言われると拗《す》ねてしまいそうだ」

「だったら、その言葉遣《ことばづか》いもやめてください。いつまでも他人行儀《たにんぎょうぎ》な感じがしてイヤだ」

どうせなら、遊園地で不意に聞いてしまったあの時ぐらいには崩《くず》してほしい。

真守の言葉に日高が一瞬《いっしゅん》目を瞠《みは》った。そして次にはふっと甘く眇《すが》めた眼差《まなざ》しを向けてくる。

「わかった。真守」

唐突《とうとつ》に名前を呼ばれて、準備をしていなかった心臓が大仰《おおぎょう》に跳《は》ね上がった。

「真守？　どうした？」

「――…急に名前呼ぶから、ちょっと、びっくりして」

真っ赤に染まった顔を覗《のぞ》き込まれて、更《さら》に微笑まれると、体温が一気に上昇《じょうしょう》する。

「まいったな。もう我慢《がまん》が利《き》きそうにない」

次の瞬間、日高の顔が近づき、気づけばお互いが貪《むさぼ》るように唇を求め合っていた。

半分カーテンが開いた窓から差し込む月明かりを頼《たよ》りに、お互い上着を脱《ぬ》ぎ捨てながら縺《もつ》れるようにして倒《たお》れ込んだのは、薄暗《うすぐら》い日高の寝室《しんしつ》のベッドだった。

ぼすんと沈《しず》み込んだシーツから日高の匂《にお》いが上がってくる。

「安心していい。このベッドは俺と智樹以外が使うのは真守が初めてだ。買い換《か》えようとした時に、店で働いている友人がプレゼントしてくれたんだよ。まあ、今はそれもありがたいが」

真守を組み敷《し》き、頭上でしゅるっとネクタイを引き抜《ぬ》きながら、唐突にそんなことを言われた。自分ですら一時忘れていた頭の中身をいきなり持ち出されて、真守はぎょっとする。

「智樹にも一緒《いっしょ》に寝《ね》ているのかって訊《き》いたんだろう？　確かに一人用にしては大きいからな」

自分の恥《は》ずかしい勘違いを改めて指摘《してき》されるのは悶絶《もんぜつ》ものだった。謝る言葉が蚊《か》の鳴くような小声になる。けれど日高は、「いや」と逆に眼差しをやわらげた。

「むしろうれしかったよ。嫉妬してくれているのかと思うと」

居もしない相手に、と揶揄《からか》うようにつけ加えられて、真守はかっと羞恥《しゅうち》に目元を赤らめる。

「ひ、日高さんこそ、皓介にわけのわからない嫉妬したくせに」

「したよ。今もその呼び方が気に入らない。彼は『皓介』なのに、俺のことはまだ『日高さん』だ。それに君の素《す》の、気の強いところも実は気に入っている。君も他人行儀はそろそろやめてもらえないか、真守」

またごく自然に名前を呼ばれて、心臓が暴れ出した。

唇がわけもなく震《ふる》える。頭にある文字を声でなぞるだけなのに、どうしようもなく照れ臭《くさ》くて、甘ったるい熱の溜《た》まる胸と喉を鎮《しず》めるのにしばらく時間がかかった。

「……しゅ、しゅう、柊一さん…？」

呼んだのに、けれど日高はなぜか意外そうな顔をしてみせる。日高が僅《わず》かに目線を外した。

「てっきり、知らないから教えてくれと言われるのだとばかり思っていた。ちゃんと名前を知っていてくれたんだな」

嬉《うれ》しいよ、と再び目を合わせてきた日高は本当に嬉しそうに笑っていた。そんな顔を見せられれば、ただでさえ照れ臭いのに真守の胸は甘く締め付けられて、途端《とたん》に切なげな音を立てる。

知ってて当たり前じゃないか――。

暗い中でも染まった顔色がばれてしまいそうで、シーツの上で無理やり寝返《ねがえ》りを打った。けれどやさしく肩《かた》を押し戻《もど》されて、すぐにまた組み敷かれる。

「駄目《だめ》だろう？　そっちを向いていたらキスができない」

「…っ、……ん」

舌先が戯《たわむ》れのように真守の唇を上下交互《こうご》に舐《な》め、合わせ目をなぞるフリして気づくと内側にもぐり込んでいた。隠《かく》れていた舌を搦《から》め捕《と》られ、まるで劣情《れつじょう》をそうされるかのようにねっとりと扱《しご》かれる。気持ちよさに頭がぼんやりと白く霞《かす》んでゆく。

巧《たく》みに誘《さそ》いをかけられれば、真守も夢中で舌を絡《から》ませていた。根元まで探《さぐ》られる深いキスに次第《しだい》にもっと、もっと奥深くまでと、日高に征服《せいふく》されたい欲望が湧《わ》き上がってくる。

口づけが解かれた熟《う》れた唇から、ねだるような熱っぽい吐息《といき》が溢《あふ》れた。

「ひだか、さ……」

「真守先生は案外物覚えが悪い。さっき呼び方を教えたでしょう」

自分まで口調をわざとらしく変えながら、日高が真守のウエストに手をかけてくる。

「……そのくせ、身体《からだ》の方は覚えがいい。腰《こし》を浮《う》かせて、協力的だな」

言われて、無意識に腰を浮かせていることに気づいた。あまりにその気な態度に呆《あき》れられただろうか。すでに下肢《かし》には熱が溜まり疼《うず》き始めている。先走る身体の変化が恥ずかしくてももぞもぞと腰を落とそうとすると、その寸前で日高の手がまわりこみ、鮮《あざ》やかな手つきで下着ごとパンツをずり下ろされた。あっという間に真守の両脚《りょうあし》から引き抜いてしまう。

手を上げるよう言われてそのままTシャツも脱がされた。一糸纏《まと》わぬ姿の真守に馬乗りになりながら、日高も素早《すばや》く衣服を脱ぎ捨てる。

月明かりが斜《なな》めに差し込む薄暗い室内で、日高の張り詰《つ》めた筋肉がしなやかにくねる光景に思わずこくりと喉が鳴った。

逞《たくま》しい陰影《いんえい》に陶然《とうぜん》とする真守を見下ろして、日高が肉感的な唇をゆるりと引き上げる。

「何を考えてる？　いやらしい顔だ」

「——っ」

ぴくんと僅かに跳ね上がった両脚を摑《つか》まれ、いきなり胸につくほどに折り曲げられた。

「っあ、ひ…柊一さん……っ」

「そんな顔を、他《ほか》の誰《だれ》にも見せるなよ」

薄《うす》い尻朶《しりだ》をいやらしく揉《も》みしだかれ、両手でぐっと押し開《ひら》かれた。

「…あっ」

密《ひそ》かに息づいていた窄《つぼ》まりに、湿《しめ》り気が与《あた》えられる。苦しい体勢を取らされた足の狭間《はざま》に日高の頭部を見つけて、そこを彼に舐められているのだと知ると烈しい眩暈《めまい》がした。

潤《うる》んだ双眸《そうぼう》には、黒々とした張りのある頭髪《とうはつ》しか見えない。

それが僅かに上下しているのがわかる。同時にその奥の見えないところから淫猥《いんわい》な水音が聞こえていた。意識がそこに集中する。襞《ひだ》を舐め溶かすようにして舌を少しずつ埋《う》め込まれ、出し入れしながらぬるりと内側を舐められる淫《みだ》らな感触《かんしょく》。男の舌の卑猥《ひわい》な動きを意識が追いかけて、ぞくぞくと全身が震え上がる。

「…っぁ、あ……ん……も、ぃ…から…っ」

執拗《しつよう》に唾液《だえき》を塗《ぬ》り込められてほぐされた奥が、次を求めてひく、ひくと勝手に蠢《うごめ》いているのがわかった。締《し》め付けてしまう日高の舌の弾力《だんりょく》や表面のざらりとした突起《とっき》を入り口の敏感《びんかん》な襞がリアルに感じ取って、半開きの唇から甘ったるい嬌声《きょうせい》がひっきりなしに零《こぼ》れる。目には見えないのに、脳が勝手にその光景を想像して網膜《もうまく》に淫靡《いんび》な日高を映し描《えが》く。

びくびくっ、と下肢が痙攣《けいれん》し始めた。

「ひ…しゅう、いちさ……も、舐めるの、や……」

ずる、と中を舐めまわしていたものが一気に引き抜かれる反動で、すでに張り詰めていた真守の劣情が目の前で物欲《ものほ》しげに揺《ゆ》れた。先端《せんたん》から糸を引いて滴《した》り落ちる自分の体液が飛び散って、胸元《むなもと》や腹筋を濡《ぬ》らす。火照《ほて》った身体にはそれすらもどかしくて、羞恥より欲望が勝《まさ》る。

「舐めるのは嫌《いや》？　だったら指にしようか」

困った先生だ、と日高が笑う気配。

そうして今度は節くれ立った長い指がそこに挿《さ》し込められる。一本、二本…。

「……ああ、すごいな。もう簡単に三本も入ってしまった」

「……ん、はあ……」

切ない空虚感《くうきょ》は満たされたが、それも一時的なものだ。すぐに別の、もっと火傷《やけど》しそうに熱くて逞しいものが欲しくなる。

「う、ン…ちが…それじゃ、なくて……」

「うん？　だったら、どれが欲しいんだ？」

わざとらしく中で指を広げながら、浅いところにある敏感なポイントを押し上げられた。

短い嬌声が立て続けに上がり、苦しいほどの快感に視界が滲《にじ》む。

この人、イジワルだ――。

真守のことをギャップがあると言うけれど、日高の方がよっぽどタチが悪い。いつも見せているやさしい父親の顔はどこにもなく、ただ色濃《いろこ》い雄《おす》の匂《にお》いを纏わせて、まるで逃《に》げ場のない獲物《えもの》をじわじわといたぶるように真守を追い詰めてくる。

楽しげにすら見える日高を、疼く身体を持て余しながら真守は涙越《なみだご》しに睨《にら》みつけた。

「腰が揺れてる。ここをこんなにひくひくさせて、本当は何が欲しい？」

けれど、「言ってごらん」と情欲で掠《かす》れる声音《こわね》で甘く促《うなが》されると、もう駄目だった。

自分の熱っぽい呼吸で頭が朦朧《もうろう》とし、目先の快楽が淫靡に手招くのが見える。

「ぁっ…柊一、さんのが……ほし、い」

ふっ、と吐息が微笑《ほほえ》んだ。

「……いいな、それ」

言うより早く、指が引き抜かれる。折り畳《たた》んだ下肢の上から覆《おお》い被《かぶ》さるようにして、鋭《するど》く隆起《りゅうき》した日高のもので一気に貫《つらぬ》かれた。

「ああ――っ」

慣れない圧迫感《あっぱくかん》をどうにかして外に逃《のが》し、その先に待つ快感を追い求めるために、覚えたての身体が勝手にうねり出す。

奥を烈《はげ》しく突《つ》き上げられるたびに、押し出されるようにして甘ったるい嬌声が零れ落ちた。

「あ、あ、……あうっ」

背中から掬《すく》い取られるようにして、突然《とつぜん》身体を起こされる。

「あ、や、ああっ」

日高と向かい合う恰好《かっこう》で下から漲《みなぎ》ったもので串刺《くしざ》しにされた。

これ以上ないというところまで日高に侵略《しんりゃく》されて、身体が大きく反れる。突き出した胸の突起をすり潰《つぶ》すように健康的な歯列で扱かれて、ぴりっとした痛みにくっと眉《まゆ》を寄せた。同時に日高を飲み込んでいるところがきゅっと締まるのがわかる。粘膜《ねんまく》に張り付けるようにして日高を感じると、胸元で微《かす》かに呻《うめ》くような声がした。

胸を痛いほど吸われて、ぐっと力強く最奥《さいおう》を突き上げられる。

「やあっ」

「ハンカチ——あのハンカチを、渡《わた》した時のことを覚えてるか？」

ベッドのスプリングを利用して小刻みな突き上げを続けながら、日高が唐突《とうとつ》にそんなことを切り出した。

「は、あっ、そ…卒園式の、っぁ、時…っ…？」

がくがくと揺れ動く頭で、必死に記憶《きおく》を手繰《たぐ》り寄せる。

日高が上目遣《うわめづか》いに真守を見上げてきた。伸《の》び上がるようにして音を立てて口づけられる。

「あの時に、本当は諦《あきら》めるつもりで、だけど未練はたらたらだったんだ。まさか泣き顔を見せられるとは思わなくて、余計に決心が揺らいだ。でも、君に先にお別れだと言われてしまって、自分の下心を見透《みす》かされたのかと焦《あせ》ったよ。一旦《いったん》別れたその後、やっぱりまた会ってほしいと

言いに戻《もど》ったら、今度は君は他の男と抱《だ》き合っていた。――あれには参ったな。すっぱりと振《ふ》られた気分だったよ」

「……勝手に、決めん、な。こっちも、っぁ…もう会えないから、諦めるつもりで…大泣き、して…いまだに、からかわれる……ぁあっ」

日高が幸せそうに微笑んで、追い上げるように突き上げを烈しいものに変えてきた。

「あ、あ、ああっ」

目の前が霞《かす》み、次の瞬間《しゅんかん》、放《ほう》り出されるように快楽の極《きわ》みに達する。追いかけるようにして日高も真守の中で達した。

くらくらとまだ意識が定まらない真守の頬《ほお》を両手で包んで、日高が口づけてくる。

「まさか、再会するとは思わなかったから、今度こそ手放さないようにと必死だったよ。俺の場合、結婚《けっこん》は友情の延長にあったようなものだったし、十代の頃《ころ》ですら、こんなにぐるぐるしたことはなかったんだがな」

まるで初恋《はっこい》みたいだった。

ひどく甘酸《あまず》っぱいものを噛《か》み締めてしまったような、どこか弱ったような顔で日高が笑う。

そんな表情に、きゅうっと心臓が締め付けられた。途端《とたん》に真守の胸も桜色の甘酸っぱい果実で埋め尽《つ》くされ、息もできないほどの甘い芳香《ほうこう》に満ちてゆく。やわらかい羽根にくすぐられるようなくすぐったさまで込み上げてくる。

「……初恋は実らないって」

「例外もあるだろう。俺のはそっちだ」

くすくすと笑い合って、今度は真守から口づけた。ふと視界の端《はし》に、日高の口元にうっすらと浮《う》かぶ痣《あざ》が映り込む。舌を差し出し、痛々しいそれを撫《な》ぜるようにして舐《な》めた。

「……ごめん。まだ、痛い？」

「いや。あと数日もしたら消える。……本音を言えば、残ってくれた方がよかったかな」

そうしたら責任を取って嫁《よめ》に来てもらうのに。

とろけてしまいそうになるほど甘ったるく見つめられながらそんなことを言われて、真守は見る見るうちに自分の顔が、全身が真っ赤に染まっていくのを感じた。

「……なにそれ。俺と再婚でもする気かよ」

「俺はそのつもりだけどね」

雑《ま》ぜ返す言葉もさらりと肯定《こうてい》されて、ますますどうしていいのかわからなくなる。

日高の手がそっと、火照った頰に触《ふ》れてきた。

「最近反抗《はんこう》期気味のかわいい七歳の息子《むすこ》も一緒《いっしょ》だが、幸せは約束するよ」

愛《いと》おしげに撫でられて、ふっとどうしようもなく泣きたくなった。

「――……俺、傍《そば》にいても……いいんですか？」

「当たり前だろう。手放すつもりもない」

微笑んだ日高にやさしく首を引き寄せられて、真守は幸せでとろけてしまいそうな口づけに再び溺《おぼ》れていった。

❀ ❀ ❀

こぽこぽと音を立てる真新しいコーヒーメーカーを嬉《うれ》しそうに見つめる、小さな頭。

「――できた!」

嬉々《きき》とした声が上がったかと思うと、智樹は準備しておいた三つのマグカップに黒褐色《こくかっしょく》のコーヒーを注いでいく。二つは均等に、もう一つは少なめに。七歳にしては相当手馴《てな》れている。

それでも、黄色いエプロンを着けて小さな盆《ぼん》にそれらを載《の》せてそろりそろりと歩いてくる様子には、毎回見ているこちらはとてもはらはらさせられるのだ。だけどここで手出しをしては叱《しか》られるので、はらはらしながらも見守るしかない。

「はい、コーヒーできたよ」

リビングのソファで待っていた真守と日高の前にコーヒーが置かれた。

「ありがとう、智樹くん」

「ちゃんとミルクもお砂糖も入ってるからね。お父さんはブラックだよ」

「ああ、ありがとう」

智樹が満足げに笑った。自分の分はミルクたっぷりのカフェオレだ。

智樹が母親の貴子にねだったというコーヒーメーカーは、今や日高家では大活躍《だいかつやく》していた。けれど器具を扱《あつか》うのは専《もっぱ》ら智樹で、日高も真守も未《いま》だに触《さわ》らせてもらえない。智樹曰《いわ》く『自分が二人に淹《い》れてあげたい』のだそうだ。

火傷《やけど》の危険にはいつもひやひやするものの、そんなふうに言われて嬉しくないわけがない。

嬉しいといえば、このマグカップもそうだ。

――智樹からこれをプレゼントされたのは、日高と想《おも》いが通じ合った、その翌朝だった。

前日からユータの家に泊《と》まっていた智樹は、本当に起きてすぐに帰ってきたのだろう。予想以上に早い帰宅に、日高と真守は二人してぎょっとしたのだ。幸い二人とも朝食を食べている最中で、大惨事《だいさんじ》にはならなかったけれど。

見慣れた部屋の中に真守を見つけた時の智樹の顔を、自分はきっと忘れられないと思う。

何も言わず駆《か》け寄ってきてタックルでもするかのように抱きつかれたことも。

さすがに腰《こし》に響《ひび》いたが、それ以上に智樹への愛情が込み上げてくる。隣《となり》で日高も父親の顔に戻って穏《おだ》やかに微笑《ほほえ》んでいた。

その後、ひとまず安心したらしい智樹から、真守は前々から言われていた『プレゼント』を手渡されたのだ。後から考えると、これありきのコーヒーメーカーだったのだとわかる。

桜模様のマグカップ。それも三色色違《いろちが》いのものを見せられて、智樹が嬉しそうに説明してくれた。

――水色がお父さん、黄色が僕、ピンクが真守先生。三人一緒だよ

『さくらおか』という、真守と智樹にはとても馴染《なじ》み深い園名にちなんでこのマグカップに決めたらしいが、真守がピンクというのにはちょっと引っかかる。しかも、マグカップが入って

いた箱のパッケージにはさりげなく『親子マグカップ』と書いてあった。

それ以来、真守専用のマグカップが日高家には置かれるようになった。

――お父さんも真守先生にあげたいからって一緒に選んだんだよ。いつまでもお客さまはイヤだから、これからはちゃんと真守先生専用のものを使ってもらおうって
このマグカップを目にするたびに智樹のその言葉を思い出し、胸がじんわりと熱くなる。

智樹が淹れてくれたコーヒーを味わっていると、不意にインターホンが鳴った。

「誰《だれ》だ？」と腰を上げようとする日高を遮《さえぎ》り、「たぶん僕」と智樹が先に立ち上がる。

「きっとユータだよ。今日、遊ぶ約束してたんだ」

そうなのかと、聞いてなかったのか日高が軽く目を瞠《みは》った。

「うん。五時まで公園で遊んでくる」

智樹がカフェオレを一気に飲み干して立ち上がった。最近、日曜日の午前中は一緒に買い物には行くけれど、午後は遊びに出てしまうことが多い。

平日の料理教室は相変わらず続いているが、日曜日に三人でキッチンに立つ回数は減った。真守と日高が夕飯の支度《したく》をしていると、智樹はあらかじめ伝えておいた時間ぴったりに帰ってくるのだ。そのおかげで日高と二人きりで過ごす時間はきちんと確保されているのだけれど。

やっぱり、何か勘付《かんづ》かれてるよな――。

表面上は以前と何も変わらないはずだ。だけど確実に賢《かしこ》い彼は何かを悟《さと》っている。変に気を遣《つか》われると、それはそれでいたたまれない。それも七歳の男の子に、だ。

「それじゃあ、いってきます」

「いってらっしゃい。気をつけてね」

外したエプロンを丁寧《ていねい》にたたんだ智樹から、真守はマグカップを受け取って一旦テーブルに置く。日高と一緒に玄関《げんかん》まで見送ろうとすると、おもむろに彼が振り返った。

「今夜はビーフシチューだよね。ねえ、ユータも一緒に食べてもいい？」

「ユータくん？　ああ、連れておいで。ユータくんの家には俺から連絡《れんらく》を入れておくから」

「じゃあ多めに作っておくよ」

「本当！　じゃあ、二人で帰ってくるから。いってきます、お父さん、真守さん」

手を振《ふ》って智樹が出かけて行く。

同じく手を振って送り出して——はっと気づいた。

「……今、真守さんって言った」

あまりに自然すぎて、つい聞き流しそうになってしまったが、確かに智樹はそう呼んだ。

驚《おどろ》きに目を丸くして隣の日高を見ると、真守ほど気にならなかったのか彼は平然と答える。

「まあ、いつまでも『先生』って呼ぶのはどうだろう、ってあいつも悩《なや》んでたからな。いいんじゃないか。本人はずっとそう呼びたかったんだ」

「そう、だったんだ。真守さん、か」

職場の後輩《こうはい》には呼ばれ慣れている呼称《こしょう》も、智樹が呼ぶとまた別の響きで心に届く。

照れ臭《くさ》いけど、どうしようもなく嬉しい。

我知らずにやにやと弛《ゆる》んでいた頬《ほお》を、突然《とつぜん》ぎゅっとつままれた。

「いっ、柊一さん？」

「あまり嬉しそうにしてくれるな。息子だが、あれも男だ。ある意味俺よりもしたたかだぞ」

「……柊一さん」

なんておもしろい父子なんだ。堪《こら》えきれず真守は思わず吹《ふ》き出すと、日高が意味深に眇《すが》めた眼差《まなざ》しを寄越《よこ》してくる。

「随分《ずいぶん》と余裕《よゆう》だな」

「え？」

「せっかく智樹が気を利《き》かせてくれたんだ。夕飯の支度まではまだまだ時間があるぞ。……さあ、何をしようか？」

後半の声音《こわね》がぐっと色を変えた。

気づくといつの間にか壁際《かべぎわ》に追い込まれていて、とん、と顔の両側についた長い腕《うで》で囲われながら真守は軽く睨《にら》み上げる。

「……スケベ」

「男はみんなスケベだ。仕方ないだろう。最愛の恋人《こいびと》がすぐ傍《そば》にいるんだから」

にやりと人の悪い笑《え》みを浮《う》かべた唇《くちびる》が、ゆっくりと真守に覆《おお》い被《かぶ》さってくる。

リビングの窓から穏《おだ》やかな秋の陽射《ひざ》しが差し込む。やわらかい陽光の輪の中、テーブルの上では三色の桜が寄り添《そ》うように仲良く咲《さ》いていた。

あとがき

はじめまして。こんにちは。拙作《せっさく》をお手に取って頂き、誠《まこと》にありがとうございます。

バツイチパパと息子《むすこ》がお世話になった保育士さんのお話、いかがでしたでしょうか。

まさか！――と、本人が一番思っております今作。

実は過去に二作、今回登場した保育園が舞台《ぶたい》のお話を書かせて頂きました。保育園の先生を四人ほど園内恋愛《れんあい》させてしまい、『あーあ、やっちゃったなあ』と思いながらも、くっつくところはくっつけたので本人は満足。大人の事情も考えて、これで終了《しゅうりょう》だと思っておりました。

なので、担当さんから今回のお話を頂いた時は本当に驚《おどろ》いて、「え!? いいんですか？ 本当に大丈夫《だいじょうぶ》ですか？」と何度も訊《き》き返してしまいました。とても鬱陶《うっとう》しかったと思います。

そんなこんなで今回、保育士さんがまた一人――。一度、頭をリセットして。同じ保育園繋《つな》がりではありますが、まったくの新キャラが主人公。お話も園を飛び出して外での展開となっております。相手がバツイチパパとくれば思いつくベタベタストーリーですが、一度は書いてみたいと思っていたお話です。まさか相手が保育士さんになるとは思いませんでしたが。

毎度のことながらいろいろありましたが、個人的にとても楽しんで書かせて頂きました。公園、生活感のある部屋の食卓《しょくたく》、遊園地、同僚《どうりょう》との帰り道、スーパー……。その辺に転がっている日常を書くのが好きです。ちょっと残念だったのがお買い物シーンで商店街を書けなかったこと。デパ地下よりもわくわくします。機会があれば是非《ぜひ》書いてみたい場所の一つです。

はじめましての方には、体験入園感覚で。お久しぶりですの方には、『へえ、ここにはこんな先生もいるんだ。何組？』と思いながら、ぱらりと捲《めく》ってもらえたら嬉《うれ》しいです。私も楽しませてもらったお話を、皆様《みなさま》にも少しでも楽しんで頂けたらこれ以上の歓《よろこ》びはありません。

そして、今回もたくさんの方々にお世話になりました。

特に前回に引き続き、今回もイラストをご担当下さいました、みなみ遥先生。コメントに励《はげ》まされ、素敵《すてき》なイラストの数々にうっとりです。特に冒頭《ぼうとう》の桜のシーン。迷った末、ここを削《けず》らなくてよかった！　ご多忙《たぼう》な中、引き受けて下さり本当にありがとうございました。

また、ほのぼのファミリー話を送りつけ、「で、恋愛は？」と首を傾《かし》げさせた私を、苦笑いしながら軌道《きどう》修正して下さった担当さま。ご面倒《めんどう》をおかけしてしまい申し訳ありませんでした。がんばりますので、これに懲《こ》りずに今後もどうぞよろしくお願いします。

最後に、この本をお手に取って下さった皆様へ、心より感謝申し上げます。

本当にありがとうございました！

それでは、また皆様にお会いできることを祈《いの》って――。

二〇〇九年六月　　榛名悠

KADOKAWA RUBY BUNKO

寝室《しんしつ》には立《た》ち入《い》り禁止《きんし》！

棒名《はるな》 悠《ゆう》

角川ルビー文庫 R123-4 15820

平成21年8月1日 初版発行

発行者——井上伸一郎
発行所——株式会社角川書店
東京都千代田区富士見2-13-3
電話/編集(03)3238-8697
〒102-8078
発売元——株式会社角川グループパブリッシング
東京都千代田区富士見2-13-3
電話/営業(03)3238-8521
〒102-8177
http://www.kadokawa.co.jp
印刷所——旭印刷 製本所——BBC
装幀者——鈴木洋介

ISBN978-4-04-454104-0 C0193 定価はカバーに明記してあります。

KADOKAWA RUBY BUNKO

角川ルビー文庫

いつも「ルビー文庫」を
ご愛読いただきありがとうございます。
今回の作品はいかがでしたか?
ぜひ、ご感想をお寄せください。

〈ファンレターのあて先〉

〒102-8078 東京都千代田区富士見2-13-3
角川書店 ルビー文庫編集部気付
「榛名 悠先生」係